新說 狼與辛香料

狼與羊皮紙

5

支倉凍砂
Isuna Hasekura

Illustration
文倉 十
Jyuu Ayakura

「好久不見了。」
推動教會改革的「黎明樞機」
托特・寇爾
賢狼與旅行商人之女
繆里

傳說中的黃金羊
哈斯金斯
「想不到我還能見到那隻狼的女兒。」

「啊……哇……啊！」

聖庫爾澤騎士團分隊長
克勞德・溫特夏
「噢，真是榮幸之至。」

聖庫爾澤騎士團見習騎士
卡爾・羅茲

「我的名字是托特・寇爾，
人們稱我為黎明樞機。」

Contents

新說　狼與辛香料

狼與羊皮紙 5

Kadokawa Fantastic Novels

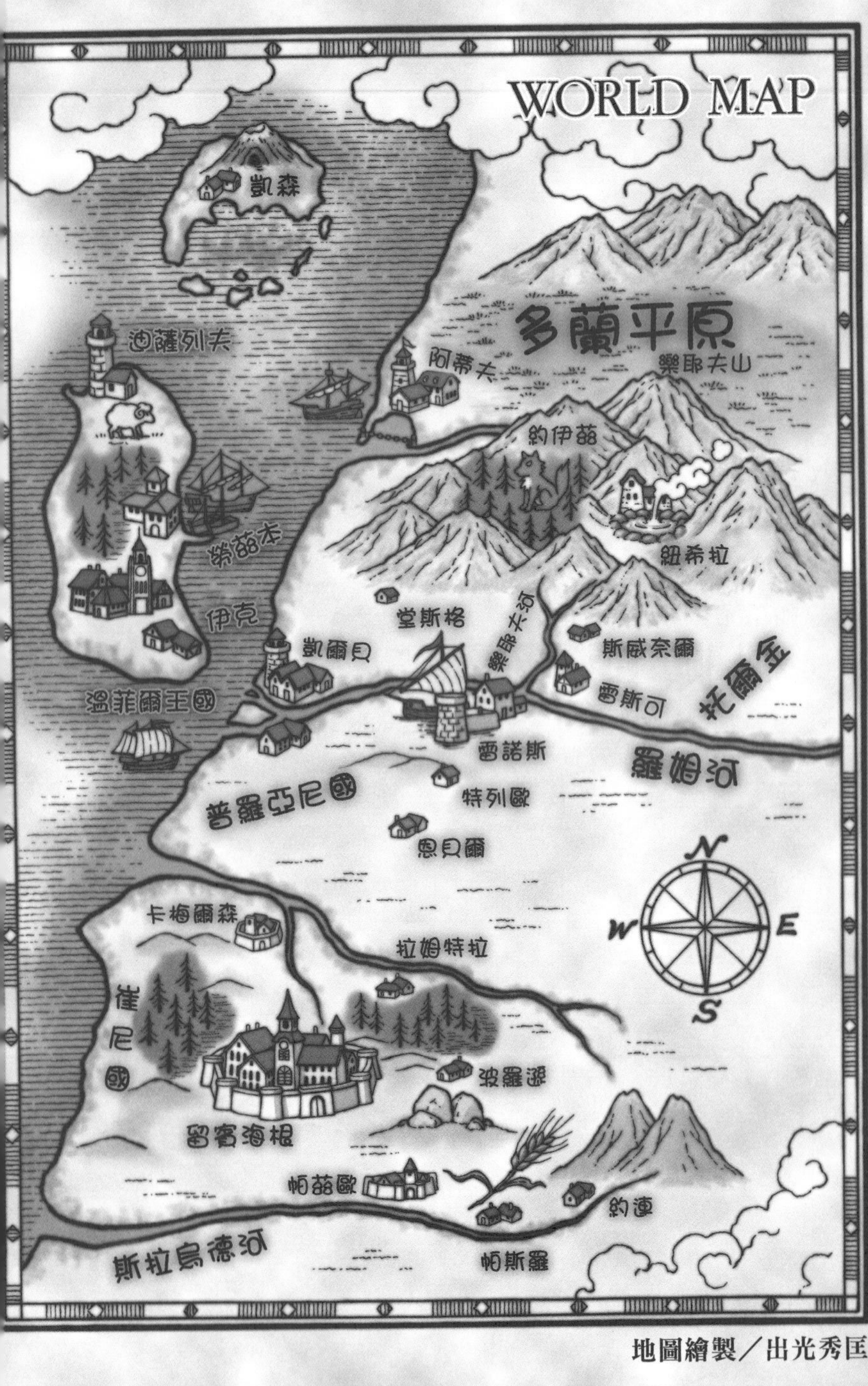
WORLD MAP
凱森
迪薩列夫
阿蒂夫
多蘭平原
樂耶夫山
約伊茲
勞茲本
紐希拉
伊克
堂斯格
凱爾貝
樂耶夫河
斯威奈爾
雷斯可
托爾金
溫菲爾王國
雷諾斯
羅姆河
普羅亞尼國
特列歐
恩貝爾
N
W
E
S
卡梅爾森
拉姆特拉
崔尼國
波羅遜
留賓海根
帕茲歐
約連
斯拉烏德河
帕斯羅

地圖繪製／出光秀匡

序幕

午餐後較為慵懶的時段，有個荳蔻少女趴在房間床上哼著歌，腳丫擺來擺去。

手上拿著木筆，在抹蠟的板子上畫得正起勁。

之前從城裡撿來的小狗，也在她臉旁邊好奇地看她畫。

木窗外的寬廣藍天宣告寒冬將盡，早春的和風將街上的活力與喧囂一起帶進房裡。

不知何時，少女的腳不動了。不久傳來傻呼呼的鼾聲，小狗歪頭看看睡著的少女，自己也趴下來一起睡。

真是段閒適恬淡，愜意祥和的時光。

我撥開少女臉頰上的髮絲，再摸摸她的頭，頭上三角形的大耳朵跟著抽動幾下。她不只有形狀和小狗一樣的獸耳，腰際還長了條柔亮豐沛的毛尾巴，任春風輕輕吹拂。

拿著的木刷纏上狼少女的冬毛，挑得我不禁打起呵欠，苦笑著硬吞回去。

第一幕

「大哥哥——！這邊這邊！」

繆里用不輸港邊喧囂的音量大喊，同時人潮另一邊有隻手勉強往上伸出來。當我繞過載滿活魚的貨車，跨越用繩子拴成一排的雞而好不容易來到繆里身邊時，她已經在和商人們講價了。

「我要這款亞麻布三十匹，薩瓦羊毛的毛線布二十匹。約德布怎麼樣？拿得出十五匹嗎？」

繆里面前是三個肥嘟嘟的壯年商人，手上都挽著好幾種布料。

她一一查看布料，不停下訂。

「然後還要二十匹沒加工過的白毛線布……買這麼多，可以送我十匹麻布嗎？」

商人們聽得是瞪大眼睛抱怨連連。而即使體重和年紀都是她好幾倍的大人圍在面前，繆里也毫不退卻地回嘴：

「啊～？那算啦。緋紅跟紫色的染布我去別的地方買。」

說完就把手裡的契約書捲起來。

「大哥哥，我們去下一家看。」

接著她牽起我的手就走，商人們錯愕地往我瞧。我現在裝扮近似商人的外出服，或許像是繆里的上司。可是商人們懂得看人，一眼就看出主導權是握在繆里手上。他們互相使使眼色，開始向繆里求情。

背對他們的繆里露出只有我看得見的賊笑，轉過身去。

「那我還要買緋紅和紫色的染布，再加幾卷金線銀線，送我十五匹麻布！」

商人們的嘴都頓時繃成一線，不過用貝類內臟染出來的紫布貴得嚇人，利潤應該也高。用遠方樹皮染成的緋紅布匹也價值不斐，這門生意放過可惜。

三名布商都快要跪在繆里面前求她別討那麼多麻布，可是繆里肯定他們還是有賺，輕描淡寫地閃躲，最後折衷於十三匹麻布。

繆里滿意地要商人們在契約上簽名，完成訂單。

「話說再來是要買什麼？」

輕易打倒理應身經百戰的商人們後，繆里將羽毛筆夾在耳朵上這麼說。她身上穿的不是平常那套，而是與商行小伙計一個樣，十足有商人的架勢。

跟在這樣的繆里後頭在港邊繞來繞去，勞茲本洋溢的活力轉得我頭都暈了。大概是溫菲爾王國第二大港都人流龐大，我也很久沒外出，春天的陽光又在寒冬過後逐漸升溫的緣故。

不過大街上熱鬧不只是因為日照和人多，我發現路上的人個個眉開眼笑，笑聲不斷使得港邊一定有的大吼聽起來都像喜劇，很難想像前陣子才發生過徵稅員和貿易商公會手拿武器互相叫囂的事。

後來還演變成徵稅員武裝起來聚集在大教堂門前，負責遠地貿易的大商人在酒館包廂裡策畫陰謀，溫菲爾國王派出軍隊的大事，差點就要有成千上萬的百姓無辜受累。

見到街上現在這模樣，我真的很慶幸當時能解決那種狀況。要為如此現實負一部分責任的我，有那麼點驕傲也不為過吧。

真希望世界能永保和平。

望著晴朗天空和活絡的街景，我不禁交扣十指感謝神的恩寵。

「喂，大哥哥！」

繆里將剛簽完名的契約書，按在面海禱告的我胸口上。

「拿去！錫製餐具也訂好了！」

「啊，好、好的。辛苦了。」

契約上列出了幾十組餐具，全是以破格價購得。

「真是的，難得出來走動，怎麼一直發呆啊。」

雖自覺並沒有一直發呆，可是相較於在人擠人的港邊活蹦亂跳的繆里，或許差不了多少。

「再說，我殺價殺得這麼好，你應該要多誇我多獎勵我一點，給我一個抱抱吧？我本來是沒有義務替你做這種事的喔。」

繆里雙手扠腰，用責怪的眼神說。

關於這點，我真的是對繆里既感謝又愧疚。

我和繆里上街購買各種物資，不是替旅程作準備，也不是替商行做事。之前那場大騷動是以興建修道院收場，這都是那裡要用的。

勞茲本的徵稅員公會是由一群遭聖職人員父親拋棄的私生子組成，圍攻大教堂是為了洩恨。但即使他們的怨恨值得同情，在教宗眼裡那仍是對其組織的明確敵對行為。且由於徵稅員憑恃的是王國發行的徵稅權，徵稅員的暴行使得王國與教會開戰的可能急速升高。

為避免開戰，只能想個法子掩飾他們的行為，最後想到的就是主張那只是比較激動的請願，並非圍攻。

徵稅員有自費經營一所孤兒院，但由於財務根基薄弱，亟需幫助。扶養孤兒是一件崇高的事情，所以來請求大教堂撥款協助他們興建附設孤兒院的修道院，只是態度激動了點。

這或許是欺騙沒錯，不過徵稅員公會會長夏瓏，和扶持她的小教區祭司克拉克是真的有自費經營孤兒院，孤兒又都是聖職人員的私生子，有實際根據，大教堂這邊也知道他們有錯。

緊抓小小的事實並盡可能放大，最後成功掩蓋了那場暴動。

至此風波平息，只剩修道院有待建設。

修道院長一職將交由克拉克擔任，夏瓏則會成為孤兒院院長，兩人要合力幫助無依無靠的孤兒，或有類似際遇的人。

「那隻臭雞跟做壞的大哥哥，都要在修道院過幸福快樂的生活了耶！」

繆里很故意地這麼說，然後直盯著我看。

忍不住別開眼睛，自然有我自己的理由。

「如果大哥哥也來蓋修道院就好嘍～這樣我就跟大哥哥一起住嘍～」

繆里那根本不是自言自語的音量，整個人還一直往我身上擠。

她說她把我當異性來喜歡就跟著我下山，可是我怎麼都只把她當妹妹看待，況且立志成為聖職人員的我根本就不該結婚。繆里看似接受了這點，但馬上又打起修道院的主意。

她的想法是假如我成為修道院院長，我的聖職夢就實現了，而她也能過上近乎想像的結婚生活。

在我看來，那怎麼想都只是防止羊跑走的圍欄。不過無論如何，我也不會為了這種不純動機申請興建修道院，更何況我還有很多事想做，不打算這麼早就把自己關在石牆裡。

現在我人稱黎明樞機，無論是好是壞，都對世界造成了巨大的影響。若是想從這一切抽身退出，我有責任徹底了解造成哪些影響以後才能退。

這種話我不曉得說了多少次，無奈繆里一有機會就會偷咬我幾口，痛得我哇哇叫。

對她強硬不起來，是因為我也要對沒能釐清關係負責。在這段旅途中，她好幾次為我出生入死，足見對我是真心真意。不管接不接受她的愛，我都有責任釐清關係，讓她知道這樣不對，這才是對得起她的回答。

不過一思考該怎麼辦，就讓我陷入無底泥淖。

「修道院的問題就是，進去以後就不能來這麼大的城市玩了吧？」

繆里鬆口這麼說。她從不認真往這方向鑽，說不定這就是主因。

「是可以偶爾出去走走啦，但修道院基本上都故意建在比較偏遠的地方。」

「好像會憋死。」

繆里縮起脖子。

「不過你好像根本不在意。老是關在房間裡會發霉啦。」

還用手在我背上拍了又拍。我身上這件海蘭借我的衣服像是商行小少爺的行頭，當然不可能發霉。

然而我已經一星期沒出門了也是事實。

結束勞茲本的大騷動，決定以興建修道院解決問題後，我每天都為了收拾殘局而四處奔走。興建修道院需要準備一些修道規範與創辦理念等體制上的東西，我在資金與施工這部分的斡旋上又幫不上忙，只好往那方面努力了。

原本那些做完就能休息片刻，沒想到大教堂的亞基涅大主教直接跑來，問我能否在逗留勞茲本的期間將翻譯工作還沒到，但非常想先一步翻出來給人看的部分聖經譯成俗文。

我已經有一陣子沒能翻譯聖經，離開這裡以後可能好幾天找不到機會動筆。況且海蘭借來的宅邸是極佳的文書環境，勞茲本又大又熱鬧，放繆里自己去玩不會那麼快就喊膩。

就是這些條件，讓我這幾天都埋首於翻譯工作中。

到了昨晚，翻譯終於完成。正確來說，是在草木俱寂的深夜裡，我正好和起床如廁的繆里一進一出，好久沒在書桌以外的地方睡覺了。

醒來以後，繆里就威脅我說不陪她上街就要大哭大鬧，我現在才會在這裡。

「話說還有什麼東西沒買？」

「嗯，清單在這邊，幾乎買完了。」

我看看繆里手上的紙疊，上面寫了一大堆物資。

還以為修道院只需要石砌樓房、聖經和蠟燭就夠了，但全然不是那麼回事。

光是修士的穿著就會因位階而異，包括聖帶的顏色布料，甚至線材都會不同。有多少種就得買多少種；而且家具類也不能少，單論插蠟燭的燭台或祝禱時用的香爐等必需品，種類就多得令人咋舌。

修道院本身已經是由伊弗出資了，這些雜七雜八的必需品總不能讓她自己來買，於是繆里接下了這個工作。

已訂購的東西都畫了橫線刪掉，一旁記錄著數量、價格與商人或工匠的名字。

「……妳完全是個商人了呢。」

我的感嘆使繆里稍稍揚起一眉，驕傲地笑。

「嘿嘿嘿。」

許久不在太陽底下見到的繆里，看起來成熟了點。

「可是某某人害我每天中午都要一個人吃飯喔。」

繆里隔著衣服輕捏我一把。

平時愛耍任性的她，還是會在我投注於某件事時避免打擾我。

那雙滿腹怨氣的眼神讓我苦笑投降，牽起她的手。

「從今天開始又是兩個人一起吃啦。」

她寶石般的紅眼睛睜得好大，臉上也堆起大大的笑容。

「有一個東西我好想吃吃看喔！」

「好好好。」

繆里拉起我的手，走過海鳥鳴囀的港口藍天下。

繆里帶我來到的是港邊很常見的那種什麼都炸的小吃攤。他們會收購港邊買氣差的魚和餐廳不要的魚碎拿來炸，價格非常實惠。

沒有節省觀念的繆里，選這裡當然不是因為便宜。

攤子上用鐵鉤吊著一副有一整抱那麼大的鰈魚骨，用滾燙熱油淋炸。像是故意炸給人看，吸引人潮用的。

而繆里竟然指名要買它，老闆先是一愣，然後哈哈大笑起來，要人群為這位勇敢的小姑娘鼓掌，客人和看熱鬧的人跟著起鬨。

「我一個人應該吃不完吧，可以跟大哥哥一起挑戰嗎？」

我沒法拒絕滿面笑容的她，即使覺得自己一點戰力也沒有，也仍付了兩枚銅幣收下鰈魚骨。果不其然，我吃了胸鰭和幾條肋骨就要火燒心了，可是那粗大骨頭的口感、油水的香甜和略重的鹹味，似乎讓她欲罷不能。

我們來到人較少的棧橋面海坐下。繆里吃得很開心，擺著腳丫將有她臉三倍大的鰈魚骨從頭嚼碎。

「光看妳吃，我胸口就悶起來了……」

「嗯～？」

經過長時間從頭淋油的魚骨吸滿了油脂，繆里吃得雙唇油亮，對腸胃沒什麼自信的我看得肅然起敬。

「來，我幫妳買了點麵包。」

「謝謝！」

繆里接過我路上買的麵包，順便擦油似的大口咬下。還真是狼的女兒呢。我懷起這罕見的感慨，也站在她身旁啃麵包。

天空晴得過分，港口春風徐徐，非常和平。海面上擠滿揚起大帆的船隻，大批舢舨在一旁上下貨。

從海上那些大船每艘都是歷經了苦難與危險才航行到這裡來看，這個世界一定是超乎想像地廣大。

「大哥哥大哥哥。」

當鰈魚骨只剩下尾巴和一點點脊骨時，繆里拿水袋痛快地灌幾口說：

「下次要去怎樣的城市？會往南走嗎？」

最後還打了個大嗝。即使我板起臉說女生這樣很粗魯，她也是笑笑混過去。

看樣子，她還要很久才學得會淑女儀態。

「不知道耶。說不定海蘭回來以後就會有新的指示。」

「哼~屋子裡的人說她可能這兩天就會回來，到時候問問看吧。」

「咦，真的嗎？」

我的訝異讓繆里不敢置信地聳起肩。

「要是沒有我，你真的會活不下去！」

事實上，我真的有很多事情都必須麻煩她來辦，無法反駁。

覺得自己的確需要多努力一點時，繆里蜷起身來卡滋卡滋地啃骨頭，嚼得臉都變形了，最後大口嚥下。

「啊。對了，大哥哥。」

「……什麼事。」

那吃相看得我摸摸發悶的胸口，而她又問：

「我聽師傅說，今天大教堂前面會擺很多攤子耶。」

「是啊，這天終於到了。」

這件事我倒是知道。

溫菲爾王國拒絕向教宗賦稅，於是教宗以命令所有聖職人員停止對王國執行聖務為報復。勞茲本當然無法例外，大教堂已經關閉好幾年，與聖務相關的任何工作都遭到棄置。

這扇門直到日前的騷動才重新開啟，我也參加了這場睽違多年的禮拜。城裡的人歡天喜地地慶祝禮拜重啟，大教堂頓時人滿為患。

因此，門前市場也要跟著復活了。

今天就是重新開市的日子。

「不可以亂花錢喔。」

說穿了，市場都是攤販，攤販就等於小吃。

灌著水的繆里拿開水袋，往我看來。

「好～」

她用袖子擦擦嘴，給出難以信任的答覆。

勞茲本大教堂正門敞開，進出民眾絡繹不絕。日前的禮拜也有這樣的熱絡光景，整個心也跟著熱起來，但我很快就發現這只是前菜而已。

包含知名羊肉餐廳的大排攤販，讓原本就擠滿了人的大教堂前大廣場更是人山人海。

「好多人喔，大哥哥！」

看到小吃攤並不多，讓我即使見到繆里又叫又跳也安了點心。

賣的幾乎是禮拜用的蠟燭、禱告用的小石像等教會相關物品。王國與教會對立，旅途上很難見到這些東西，看得繆里津津有味。

根本不信神的她對繡上教會徽記的壁毯、手套、風衣、頭巾等飾品特別感興趣。戴戴縫上很多穗的頭巾，試試蠟染紅色教會徽記的披肩，好不高興。

雖然她聖經內容聽都不想聽，但說不定服飾能吸引她信教，於是我試著問：「要不要買一條回去。」可是她搖搖頭，將披肩還給老闆。

「不用了，不可以給大哥哥的錢包太多負擔，以後再說。」

老闆聽到繆里這麼懂事顯得很讚嘆，而我卻只能苦笑。

「如果妳在小吃攤前面也能這樣說就好嘍。」

左手牽著的貪吃鬼聳了聳肩。

「這樣就沒意義啦，省錢是為了吃好吃的東西耶！」

雖然我早就不會為這種話吃驚，但還是會嘆氣。

「妳真的是喔……」

「嘿嘿嘿。」

繆里賊笑著靠過來，又說：

「其實我真正想看的是別攤啦，師傅說他們也會來大聖堂前擺攤……」

「吃的我不買喔。」

明知是無謂的抵抗，我還是如此叮囑。繆里咧開嘴巴作鬼臉，突然跳了起來。

「找到了！」

然後用力拉著我的手往前走。

來到的是賣布的攤子，布塊大小只有拇指大到巴掌大。

「這裡是……」

她將臉湊近攤子上無數布塊來看，興奮得耳朵尾巴都好像要跳出來了。有織得厚厚的毛線布，也有輕薄但堅韌的麻布。布上除了少不了的教會徽記以外，還有男人女人的臉，動物圖案的也很多，有的是畫，有的是繡上去的。

那為的都是同一個目的。

「護身符嗎？妳怎麼想看這個？」

繆里一點也不信神，不是會倚賴守護聖人的人。

她熱切地看了一會兒，將一塊護身符拿到我面前。

「你看你看，大哥哥你看，是烏龜耶！」

上面畫了一隻叼著船帆的烏龜，讓我很訝異竟然也有這種護身符。崇拜自然物會有異教徒嫌疑，教會恐怕不會有好臉色看……這麼想時，看顧攤子的年輕商人對我說：

「那是尤蘭騎士團的團徽。據說他們擅長海戰，在王國已經有很長一段歷史，非常適合保佑出海的人，拿來躲海盜也沒問題喔！」

騎士團徽。

想不到這種東西也能成為護身符，而繆里整個上鉤了。

「就是這個！我是來看團徽的！還有哪種的？」

「喔喔，這邊還有很多喔，隨便選隨便看！」

老闆像是看到商機，從後頭搬出木箱來。裡頭裝滿各式各樣的布塊，染上的圖徽樣式多得令人說不出話。

「咦～好棒喔！老闆老闆，這全都是騎士團徽嗎？」

老闆清咳一聲，回答眼睛閃閃發光的繆里。

「以前王國裡有很多騎士團，妳知道為什麼嗎？」

他說故事的語調讓繆里興奮地搖搖頭。

「那真是太好了。這個溫菲爾王國啊，其實在很久很久以前是個被蠻族掌控的黑暗之島。後來一個統治古代帝國的大王，和教會的士兵組成騎士團殺到島上掃蕩蠻族以後，王國的千百年的故事才正式開始。」

「是喔～！大哥哥，你知道嗎！」

對於王國的歷史，我也只是略知一二。於是我按按繆里的頭要她別太激動，對老闆使個眼色。他立刻領會，用說書人的架勢開了口。

「咳哼！統治古代帝國的大王，和來自教會的精銳騎士這場驅趕蠻族的戰鬥可說是慘烈得不得了。因為王國環境差異巨大，甚至有四個世界之稱。當時每塊土地都有好幾個王，處於群雄割據的狀態。像北方諸王擅長在冰天雪地裡打仗，東方諸王擅長海戰，南方諸王擅長原野戰，西方諸王擅長利用險峻的岩山擊退敵人。每一個戰法都不一樣，拿手的也不同，大帝國與教會的騎士也因應這點分散開來。這些團徽呢，就是當時那些騎士團所用的。」

我也不曉得的王國歷史，聽得繆里尾巴都要冒出來了。

「後來各地的騎士團又被當今國王的祖先統一起來，如今只剩下團徽了。」

「這樣啊……咦～每個都好帥喔～」

繆里驚奇的樣子讓老闆春風滿面，會對遊客讚頌自己國家的人也是如此吧。

「老闆老闆，聽說每個團徽都有意義是真的嗎？」

「當然是真的。像這個盾牌前面有鹿的，就是屬於在王國西方駐守山中要塞的騎士團。盾牌表示保衛疆土，而鹿則是擅行山路。頂端這條帶子上寫的是信條，四邊的小東西表示身分或家系。右下有個聖杯，表示與教會有關。然後這邊……」

繆里豎直了耳朵，聽得好不起勁。看她老是為這種事勾起興趣而覺得好笑之餘，我也發現了她專程找這攤子為的是什麼。

「我也想畫圖徽，要怎麼畫啊？」

事情發生在幾天前，當我還為了製作修道院規範等工作每天往返大教堂與宅邸，連睡覺都覺得可惜那時。夏瓏他們的修道院是新建，需要起草新圖徽。一談到起草新圖徽，熱愛冒險故事的繆里就像看到肉骨頭的野狗一樣。不過做圖徽跟做招牌不同，跟她認真恐怕只會給自己找罪受。

於是我給她一塊蠟板和木筆，隨她亂畫來打發。

「怎麼，以後想開自己的店啊？」

是繆里一身商行小伙計的裝扮讓他這麼想的吧。

「可以這樣說啦，所以我想拿各種圖徽來參考一下。」

「嗯……我是覺得要憑空自己畫的話還滿難的喔。」

「是喔？這種事還是找專門的比較好嗎，我也不太會畫圖……」

「不，我不是這個意思。」

商人搔搔頭，拿起一塊布。

「比如說，這是王國最有名的圖徽。」

「羊咩咩？」

「對。這是王國的黃金羊騎士團的團徽，要是亂用這個圖案，那就……」

商人用手刀抵抵脖子。

「因為圖徽是用來表示身分的東西。隨便用王家的圖徽，被滿門抄斬也不奇怪。這個護身符，其實形式也跟真正的圖徽不太一樣，是專門給人當護身符用的。像是信條不同，四周小東西也不一樣。右下不是有勞茲本的城徽嗎，這表示光是賣這個圖徽，就要取得勞茲本的許可。」

「是喔……」

「亂畫圖徽還得意地到處現寶的話，要是不小心跟哪個貴族重複了，就要倒大楣嘍。」

「真的會被人發現嗎？」

「那當然啊。大城市裡都會有徽記官到處走到處看，另外給自己弄圖徽有種自以為貴族的感覺，很容易被看不順眼的人密告喔。」

複雜的社會結構讓繆里揪起了臉。

「其實顧這樣一個攤子就很累人了，如果有招牌還不夠，想要一間可以掛圖徽的商行，真的是作夢比較快啊。不過作夢是每個人的自由，要不要買一塊回去作參考啊？」

聽了老闆的推銷，繆里略顯沮喪地挑起圖徽來。

明明才剛吃完那麼大的鰈魚骨和麵包，繆里現在又坐在大教堂前的大石階上，啃沾滿蜂蜜的硬麵包。

不過她這次沒吃得眉開眼笑，咬一口就嘆口氣，再咬一口。雖然認為不能太寵她，但見到她這麼消沉的樣子，我就忍不住買點甜的來幫她打氣。

繆里變成這樣子，有兩個原因。

一個是認識到在這個世界上，使用圖徽有相當麻煩的規範要遵守。

另一個則是在販賣那麼多護身符的攤子裡，她居然找不到想要的圖徽。

「有那麼多老鷹……明明有那麼多老鷹……」

她唸唸有詞，眼神空洞地盯著石階底下。那個護身符攤看起來是想得到的都有賣，除了鹿和烏龜，還有絕對少不了的獅子和比較奇特的兔子和魚。就連據說是最近才出爐的百合、橄欖或月桂樹等植物型圖徽也不少。

繆里從頭到尾每個角落翻過一次，問道：

「怎麼沒有狼？」

老闆愣了一下後大笑起來。這溫菲爾王國可是舉世聞名的羊隻產地，直屬於國王的騎士團還叫做黃金羊騎士團，當然不會用狼這種天敵作圖徽。

在遠古的帝國時代，那充滿神祕感的強大野獸雖令人崇敬，但如今卻成了襲擊家畜和人的害獸，只有以勇猛為賣點的傭兵團會用。用狼作家徽的貴族，只剩下族譜與古代帝國相連的極少部分古老家族而已。

至於繆里稱為臭雞，沒事就鬥嘴的夏瓏那樣的鷹鷲卻是種類繁多，現在又很受歡迎，讓她加倍鬱悶。

「圖徽也有流行跟過氣呢。」

以為是一句無傷大雅的話，結果繆里大口吸氣，重重地嘆出來。

我苦笑著繼續說：

「狼的圖徽少是少，可是招牌就不是這樣了吧？」

尤其在溫泉鄉紐希拉，還有人說掛著狼招牌的旅館人氣力壓眾老店呢。

但是對繆里而言，似乎不是那麼回事。

「我才不要招牌……」

她乾啞地嘟噥。

「那個圖徽的形式很好看耶……」

如護身符攤老闆所說，圖徽有既定的形式。通常由象徵其組織由來的動植物、使用者們的信條、和表示來歷的各種小器具。

具有一定形式的事，的確會有種難以言喻的力量，不拘泥於形式的招牌和圖徽之間，是明顯不同。

「而且我都不知道不能隨便亂用。」

用來表示身分的圖徽，能讓人任意使用就不具意義了。

嘔氣的繆里洩恨似的咬得麵包沙沙響。

她熱愛冒險故事，有騎士登場的更過癮。

這樣的她對圖徽的憧憬比誰都強烈。

人說小孩總會有些難懂的執著，還真是一點也沒錯。挪動身子時，胸口有個東西在晃動。是教會的徽記。

我將這個虔誠信徒都會佩戴的徽記握在手裡，向旁邊抬頭。

石砌的大教堂聳立在我眼前，正門正上方的屋簷也豎立著那個徽記。人們總是仰望著它，也將自己的徽記握在手裡，感受神與人的聯繫，加深信仰。

那麼——

「大哥哥？」

繆里的呼喚使我回過神來。

「怎麼了？」

我老是動不動就陷入沉思，而繆里似乎覺得我這個壞習慣有點恐怖。她曾告訴我，那跟貓盯著空無一物的地方看而使人感到的不安是同一種。

我對仍有點縮著脖子的繆里放鬆表情，手伸向她的臉。

「嘴巴沾到蜂蜜嘍。」

用食指替她擦，她不耐地閉起一眼。

「我們來畫圖徽吧。」

「咦？」

我對錯愕的繆里展露的，不是單純的笑臉。

「圖徽呀，妳不是很想要嗎？」

繆里一時高興得話都哽住了喉嚨，但動作忽然停止。

「……為、為什麼突然又要畫了？」

我連一串烤羊肉都會嘮叨說不要亂花錢，妳吃太多了。

製作有一大堆麻煩規定的圖徽，說不定要付出可怕的代價。

我對警戒起來的繆里苦笑，解釋道：

「我不是沒有答覆妳的心意嗎？」

「咦……嗯……咦？」

「雖然妳在我心裡還是妹妹，可是我們沒有血緣關係，妳也不想只當我妹妹吧？」

繆里快哭出來的樣子，是因為我突然這麼說吧。

說不定還以為旅程要結束了。

可是反過來說，那表示這問題在她心裡就是這麼難解決。

繆里的心意極為真摯，要我當那是小孩一時固執也太對不起她了，擱置這個問題一定讓她非常難受。

就在我眼前的繆里，一定是以死心掩蓋著她的心意。

「圖徽會受到法律的保護。一旦經過認可，其他人就不能拿來用。」

我進一步補充老闆的說明，繆里縮著身子抬眼看我。

「圖徽的使用權，會以特權的方式來維護。例如由貴族或城鎮議會，對使用這個圖徽的人給予特別許可。所以只要做出給我們自己用的圖徽，全世界能用這個圖徽的就只有我們而已。」

這段話讓繆里睜大眼睛。

當人錯愕而愣住時，人們常說那是魔女打了噴嚏。

繆里的動作就是靜止得那麼誇張，簡直像雕像一樣。

「怎麼樣。我不是說過無論發生什麼事，都會站在妳這邊嗎？雖然我不能用結婚的方式來保證，但圖徽可以當作是一種信物。我還想繼續跟妳旅行，就當這是告一段落——」

繆里突然撲上來，讓我沒能說下去。

就像狼一樣，一點前兆也沒有，發現時我已經天旋地轉地倒下來了。

她抱住我的脖子，啃肩膀似的緊貼著臉。可能是因為太感動，也可能是為了不讓耳朵尾巴跑出來而拚命忍耐。

當我好不容易爬起來，發現有個路過的商人好奇地看著我們，不過在灑滿陽光的大教堂前廣場卿卿我我的年輕男女並不稀罕。
再說能讓繆里這麼高興，哪怕是被全世界取笑我也不在意。
我也抱起繆里嬌小的身軀，在她耳邊說：
「這會是只有我們能用的圖徽，這樣等妳嫁出去以後，還可以當作有特權的嫁妝帶過去。」
繆里用她快融化的紅眼睛瞪我。
「我才不會跟大哥哥以外的人結婚。」
訴說這點絕對不會變的眼睛漸漸放鬆力氣，最後低下頭，用兩隻袖子擦擦臉。
重新抬頭時，臉上已是笑容。
「可是我還是很高興！謝謝大哥哥！」
我對她微微笑，她又撲了上來。
要是尾巴露出來，一定是搖得亂七八糟。抱了一會兒後，她像個換氣的水鳥般抬起頭。
「話說，要怎麼做？」
「嗯？」
「圖徽需要貴族許可之類的吧？」
繆里不是開玩笑，而是真的有此疑問，讓我有點不敢相信。
而那也是她平時完全不在乎權威的表現。

「說什麼傻話，妳以為我們在勞茲本住那麼漂亮的房子靠的是誰的面子？」

「……啊！金毛！」

海蘭可是貨真價實的王族。

只要拜託她，圖徽使用權這種東西應該是輕而易舉。

話說回來，還得捏一把繆里的臉頰。

「不是金毛，是海蘭殿下。」

「海、海含嘿哈……」

「受不了。」

我放開並沒有出力的手，繆里故意裝痛地摸了幾下，又咬肩膀似的撲上來。

這女孩還真忙，令人好氣又好笑。

「那我們回宅子裡去吧。海蘭殿下可能今晚會回來是吧？」

「啊，對了！還沒決定圖徽的圖案！」

「這種事還不用急啦。」

「好了，大哥哥，快站起來！回宅子裡去了！」

她一站起來就扯我的衣服走。

很高興看她振作起來，我也多少盡了點責任。

被繆里牽著下樓梯時，我回頭看看大教堂。

向神致謝後，趕緊跟上。

趴在床上晃著腳在蠟板上畫圖徽的繆里聽到馬車聲而豎起耳朵，跳下床去。

即使她們最近距離拉近了很多，海蘭應該還是覺得和繆里之間有點距離吧。一下馬車就見到繆里笑呵呵地跑出來迎接，開心之餘也顯得非常疑惑。

繆里甚至主動幫她搬行李，海蘭不知為何也想幫忙，遭到僕人急忙制止。

我看得過意不去，告訴海蘭其實繆里有事找她幫忙，她才終於明白。

「喔……這樣啊，還以為怎麼了呢。」

海蘭反而鬆了口氣，開心地笑。

「所以那就是所謂有事相求而獻殷勤的小孩子嗎？」

看著繆里勤快地搬行李，海蘭柔柔一笑。我則是羞得快無地自容了。

「小時候，父王經常到我家來。」

「？」

我因海蘭忽然提起國王而轉頭，她望著遠方說：

「他說我是一個不太可愛的小孩。我不是宗家的人，所以盡可能地約束自己，想讓他看到我不會丟他的臉。結果率真一點，像個小孩那樣撒嬌才是正確答案的樣子。」

我覺得繆里那樣不是率真，單純就是沒禮貌而已，不過海蘭卻是用給老習題對答案的眼神望著她。

「其實我也很想撒嬌。」

海蘭雖是王族，但不是嫡出。這種人絕大多數都會和母親帶著一大筆分手費躲到某個小村子隱居，如果是在王位繼承權有問題的國家，基本上是死路一條。

出身旁系還被帶進王室裡來，應該是因為海蘭特別優秀。然而從剛才的對話，可以窺見她童年過得很壓抑。

「啊，抱歉，說這種事很沒意思。」

「哪裡，沒這種事。」

我覺得不管怎麼說都會失禮，便就此打住。

「不曉得她想求我什麼，好期待喔。」

「啊，這個……」

「讓她自己說吧。呵呵，我一直想不通那些凶巴巴的大貴族怎麼和外甥姪兒玩起來就變得跟小孩一樣，原來是這麼回事啊。」

海蘭欣喜地說出感慨。

「其實我也有一件……不曉得算不算好消息想告訴你。晚餐上再說吧。」

有事想告訴我讓我有點緊張，但不像是壞事。

「知道了。」

一聽我回話，海蘭的視線又回到繆里身上。繆里拚命裝乖的樣子，看得她是樂不可支。

後來，我們在晚餐上提起了圖徽的事。

海蘭不僅一點難色也沒有，還驚喜到說不出話來。

尤其她知道繆里對我的感情與信仰，當場就發覺圖徽的意義，還說什麼就像見證婚禮一樣。

繆里自然是強烈同意，我強烈否認。

總之請海蘭賜我圖徽使用權是沒有問題，她收起笑容鄭重表示要親手包辦。

不像商人那樣，需要契約書或握手。

身分高貴的人，說話就是承諾。

繆里開心得不得了，海蘭也看得很高興。

接著她錦上添花，說明宮裡的狀況。由於勞茲本日前差點變成王國與教會開戰的起火點，有許多人勸諫國王與教會抗爭一事必須加倍審慎小心。

黎明樞機的出現使得社會風向大幅轉變，影響有好有壞。好是好在教會首當其衝，大陸那邊已經有些教堂或修道院開始自我改革，釋出囤積過頭的財產。壞的部分，就是倘若攻勢再有急增，恐怕引起教會的強烈反彈。因此，與其操之過急而刺激教宗招致戰爭，不如弄得他服服貼貼，像睡在生麵團上一樣。假如教會這個組織能主動改善，教宗的想法應該也會改變。

於是國王選擇暫時休戰，還特別命令海蘭要求黎明樞機安分一點。

海蘭因為我被視為有效戰力而非無關緊要的小卒，反倒覺得欣慰，我也激動得手腳發顫。

不過除了俗文譯本的事之外，現在又多了繆里的圖徽，假日變得非常寶貴。

晚餐就這麼愉快地進行，繆里還替海蘭倒酒，度過一段笑聲連連的時光。

這晚喝得有點多，隔天醒來時，已有微微曙光照進窗縫裡。我很想說自己是隨平日習慣與信仰而在晨禮時間醒來，但我其實是聽見了睽違已久的大教堂晨禮鐘聲。

窗一開就有點冷，但是莊嚴的鐘聲從沿海都市特有的濃霧裡傳來，感覺舒服極了。城鎮沒有鐘聲，真的會失色很多。

我在窗前跪下，向神祝禱，感謝我又有新的一天。

直到鐘聲帶著餘韻消失，我才站起來嘆氣。

「繆里一大早就跑哪去啦？」

睜眼時，她就不在床上了。

從床上有脫落的尾毛就能看出她又半夜鑽進我被窩裡來，可是今天不用出門，不需要早起。

那麼她多半是肚子餓了，去催廚房做早餐了吧。我拉椅子坐在書桌前，準備的不是翻譯聖經的工具，而是信件用的薄紙和羽毛筆。來到勞茲本之後就是一連串的混亂，害我好久沒寫信回紐希拉了，中斷太久可不好。

尤其是海蘭准許我們使用圖徽的事，一定要跟他們報告。獲賜特權，等於是與特權發行者有緊密聯繫。而且這不是常見的商業特權，而是圖徽使用權。

若是在戰火頻仍的年代，當那是等同王族家臣的身分也不為過。若是個想出人頭地而離鄉背井的年輕人，就能抬頭挺胸光榮返鄉了。

當然，我有確實告知海蘭我們並不打算拿圖徽做什麼，不過是用來確立我與繆里之間的關係而已。

不過這一樣是需要向羅倫斯和赫蘿報告的事。

「可是……」

我握著羽毛筆，卻無法下筆。

該怎麼向遠在紐希拉的他們報告呢？

海蘭聽說圖徽的事就立刻察覺背後含意。

那麼向繆里的父親羅倫斯報告以後會怎麼樣？

為了不讓他們操心，我在過去的信上都是說繆里和我一起旅行是為了遊覽世界，她也幫了我很多。

當然母親赫蘿知道繆里對我的感情，有點像等著看戲的感覺，老早就跟羅倫斯點破了也不奇怪。可是說到我該不該親口對羅倫斯承認繆里對我有情，又是一個非常頭痛的問題。

如果只告訴他們獲得圖徽使用權卻不解釋圖徽的意義，感覺不太合理。這樣會變成「怎麼突然有個圖徽？」像是避重就輕，感覺很不誠實。假如羅倫斯已經知道繆里的感情，不解釋反而容易引起不必要的誤會。

我拿著羽毛筆面對白紙，愈想愈不安。

只有我和繆里能用的圖徽。

剛想到時還覺得是個妙方，現在卻覺得意義重大，甚至覺得這樣有點兒戲。

繆里一定會很重視這個圖徽。

所以更讓人頭痛。

「現在也不能反悔了……」

別說繆里一定會氣死，海蘭也會失望。

當我懷疑自己是不是想太多而苦惱時——

「啊～好餓喔～！」

房門猛然開啟，繆里衝進房來。

我嚇得心臟都要從嘴裡跳出來，筆也差點掉了。

「嗯？怎麼啦，大哥哥？」

「不要突然開門……」我只能這樣回答愣住的繆里。

「對了，大哥哥，我們去吃早餐！肚子好餓喔！」

繆里已經換上商人裝扮，手上拿著紙捲，耳朵夾著羽毛筆。

「妳該不會天還沒亮就跑去採購了吧？」

「大哥哥，港口的早晨來得特別早喔。」

她還用羽毛筆戳我。

「工匠在太陽出來以前也比較有空，所以我就把修道院剩下的東西都訂好了。」

「呃……辛苦了……」

話說得有點遲疑，是因為我不懂她為何要這麼早起做這件事。既然我們還會在勞茲本待一段時間，睡到中午還比較像她。

看著她放鬆因為好看而拉得緊緊的腰帶，解開匆匆盤起的頭髮時，這位繆里忽然說：

「大哥哥，吃完早餐以後跟我出去！」

「出去?去哪裡?」

繆里手扠腰，露出滿臉笑容。

「市政廳！」

去那裡做什麼，她什麼時候學到這個詞等疑問，她都在早餐上解釋了。

當太陽升起，海上飄來的霧氣開始散去時，我、繆里、海蘭和一名隨從共四人，來到廣場邊的市政廳。大教堂前已經擺滿攤販，接待作晨禮的群眾，今天也會是熱鬧的一天。

「那麼，我先在這確認一下手續。我是第一次發圖徽使用權。」

「知道了。」

「中午是吃『黃金羊鹵亭』吧?」

繆里的問題讓正踏過鋪石走廊的海蘭回過頭，俏皮地眨眨一隻眼。

「來吧，大哥哥。」

繆里拉起我的手，往海蘭的相反方向走。

即使位在圍繞著大教堂與熱門羊肉餐廳「黃金羊鹵亭」的廣場邊，這座有兩百年以上歷史的全石造市政廳仍隔絕了外界的喧噪，每個角落都充滿了石頭與歷史的厚重感。

這個掌控勞茲本市政的地方，有個管理圖徽的部門。海蘭是去了解申請新圖徽的手續，繆里則是要決定圖徽的樣式。

「您有處理書籍的經驗嗎？」

在令人想到教堂的青銅門前，管理圖徽庫的圖徽官對我問。長長的鬍鬚以蛋白固定住，怎麼看都是相當高階的公務員。繆里一直很想摸摸看那把鬍鬚，靜不下來。

「我有抄寫聖經的經驗。」

「喔？神一定很樂見於此，很好很好。」

圖徽官這麼說之後用一把比大人的手還大的鑰匙開門，帶我們進去。

「哇……」

繆里一進門就出聲驚嘆，不過與讚嘆有點不同，帶有些許的害怕。

空間並不大，可是有我身高三至四倍的落地書櫃牆全堆滿了書籍。地板近似五角形，從頂端看下來大概是掉進書井的感覺。

上層似乎需要用活動式的梯子上去拿，可是我沒什麼自信。

「書一定要在這張桌子上面翻，不可以拿在手上。導覽圖在那面牆上，大致的圖徽一覽請參考那張織錦。」

「好的。」

「請慢慢看。」圖徽官滿意地點點頭便離開房間。

「圖徽……全部有多少種啊？」

終於回神的繆里問。

「光是溫菲爾王國好像就有四五千種呢，真的好多。」

「哇……有這麼多啊。」

「如果算上大陸那邊的家徽，聽說超過十萬種。」

繆里似乎不太能想像這數字有多大，只是傻笑。

「不過其實都很類似，都是信條或四個角落的小東西在變。基本上都是這邊這些圖案。」

圖徽官所說的繡錦釘在一面黃銅板上，低調地放置於較為陰暗的角落。

「羊咩咩最大耶。」

那即是傳說中的黃金羊，採側面角度，身形高大肌肉健壯，有對巨大的角。

代表的是現今王家。

「大哥哥有看過他喔？」

即使房裡沒有人，繆里仍壓低聲音問。

「對呀。他是個信念堅定的人……對了，就像伊蕾妮雅小姐那樣。」

在上一個港都認識的羊之化身伊蕾妮雅，是繆里第一個非人之人的朋友。

聽說黃金羊個性像她，讓繆里有點高興，但我還是得把話說完。

「就只有堅定的部分像而已，人家是個老爺爺喔。」

「啊，這樣喔……」

她好像以為又能交新朋友。

「啊，烏龜耶。老闆說這是尤蘭騎士團的吧？」

教堂前那個護身符攤子上見過的圖徽，也都在這列了出來。鹿、兔等與尤蘭騎士團相同大小的圖徽位在黃金羊腳下，像在支撐牠。那都是自古即有的騎士團吧。

「又是老鷹。」

繆里不太高興地指著羊兩邊的圖徽。在繡錦中，鷹的大小僅次於黃金羊，想必都是知名家族的圖徽。

「老鷹啊……從這邊到那邊的架子上，好像都跟老鷹有關。」

房間頗暗，每個人都是用手指在導覽圖上比劃著找尋目標吧，導覽圖上堆了厚厚的手垢，如古老地圖一般。

順那些斑駁的字跡看下來，我發現使用老鷹的圖徽是多得嚇人。

「說不定比權威最高的羊還要多呢。」

我是打算姑且安撫一下繆里，結果讓她更不高興了。

「呃……妳看，還是有狼。」

導覽圖的開頭有寫到狼。

只占了其中一面牆的落地書櫃縱切再橫切其中一塊左邊小角落。

「好少喔！」

即使很不甘心，繆里還是慢慢抽一本出來，抱到閱覽台上。書皮是以彷彿能擋劍的厚皮裝訂而成，已經乾裂了。

設於書口的鎖也殘破不堪，且一翻就是濃濃的霉味，表示已經很多年沒人動過。

「哇！」

可是面對喜歡的東西，繆里才不管什麼霉味。

她看得眼睛閃閃發亮，耳朵尾巴馬上就跑出來了。

我很想叫她趕快收回去，但想到這本書給她的刺激就是這麼強烈就作罷了。

這個繼承狼的血統，生為非人之人的少女知道自己身世的祕密時，覺得全世界只剩下自己一個而號啕大哭。

不過人世裡還有些高舉狼圖徽，作為家族象徵的人。儘管數量不如當年，但仍有絕不算少的一群人，以狼的強悍與神祕光耀家名。

書頁上驍勇的狼圖徽，將這一點深深刻入繆里心裡。

人由衷感動的樣子，是相當寶貴的事。

我怎麼也無法在這時候潑她冷水。

不知注視著這樣的繆里多久時間。

她忽然用袖口擦擦眼角，有點害羞地笑。

「這些人啊——」

並且這麼說：

「會不會像魯華叔叔那樣，也見過娘的朋友啊？」

繆里這名字是承自賢狼赫蘿的故友，將這個名字傳至今日的繆里傭兵團也是源自於此。魯華即是繆里傭兵團的首領，在魯華的曾祖父，即創團始祖這一代，甚至還有人曾與巨狼繆里一同馳騁戰場。

由於這番緣由，所以旗徽才會是狼。

「說不定喔。據說家族興旺到足以製作家徽時，當家大多會選擇與其家族淵源最深的圖案。在古代，他們很可能就是像妳爹或魯華先生的祖先那樣，是因為獲得狼的幫助而興家的。」

這個房間裡，保存了許多這類遠古時代，或者精靈還理所當然地住在森林裡，經常與人類接觸的那年代故事的殘滓。

繆里似乎也注意到這點，她抬起頭來，在書井之底深吸口氣。
這裡彷彿就是時間洪流所沉澱而成的鉅篇史詩最後的落腳處。
「他是什麼樣的狼呢？」
繆里一邊說，一邊輕撫狼圖徽的毛髮處。
「會不會就是娘呀？」
「也不是不可能，這真是太不可思議了。」
雖然這種事追考起來會令人頭昏眼花，但繆里銀色的尾巴就在我身旁沙沙沙地晃，讓我想起自己正看著一個世界級的巨大祕密而不禁失笑。
「啊～可是……」
翻著翻著，繆里三角形的狼耳忽然塌下。
「這些狼恐怕都已經不在了吧。」
「咦？」
繆里像是把心蓋上一樣，慢慢闔上那本大書。
「因為獵月熊啊。」
我連「啊」一聲都無法回應。
那是據說曾與眾多精靈死戰，結束森林與黑夜時代的傳說之熊。

羅倫斯是在調查赫蘿故鄉的同伴時，得知這個同伴已在這場與熊的大戰中殞命。

而獵月熊恐怕也殺死了很多造就這些圖徽的精靈。

「討～厭，想起不好的事了。」

或許是因為年輕氣盛吧，繆里身為繼承狼血的人，自然將獵月熊視為滅族仇人，而曾經實際活在那個時代的賢狼赫蘿如今已沒有半點怨恨了。

我是很不希望她被這個舊恨拖進那麼黑暗的地方，但那也是我踏不進的領域。

思考該說些什麼好到最後，我伸出手，撫上她的背。

繆里轉過頭來，與我四目相對。

她紅紅的大眼睛，在陰暗的圖徽庫裡也依然明亮。

「大哥哥，不要露出那種臉啦。」

繆里尷尬地笑了笑，靠過來用臉貼我的臉。

「你那種臉很奸詐。」

「可是妳……」

才剛要對繆里說點什麼時——

她忽然渾身一抖，耳朵尾巴都消失了。

緊接著房門敲響。

繆里迅速離開椅子，將書放回櫃上再拿另一本出來。

我只好前去開門。

「海蘭殿下。」

「圖徽庫是什麼感覺呀？」

我從門口讓開，海蘭便探進頭來，發出好奇的驚嘆。

然後對轉過頭來的繆里輕輕揮手，繆里不太高興地別過頭去，也對她稍微揮揮手。

「呵呵。啊，寇爾，能借一步說話嗎？」

「好的。」

跟著海蘭出去前，我往繆里看一眼。

她一副懶得管我的樣子，只顧看她的書。每次提到獵月熊，我跟繆里之間都會不太愉快。那彷彿是把人與非人之人的差異明擺在我們面前，兩個人都找不到折衷點。

而她的背影，則是明顯在說她不喜歡看我和海蘭獨處。要是尾巴沒收起來，一定是神經質地慢慢搖動。

我淺淺地苦笑，離開圖徽庫。

「請問什麼事？」

「這個嘛……」

在安靜的走廊背手關門後，我詢問海蘭的來意，而她顯得有些支吾。

「是關於正式登錄圖徽的手續……」

看她這麼難說出口，我便先替她緩頰。

「發行特權本來就不容易。很遺憾，我自己去跟繆里說就好。」

能說得這麼輕鬆，或許是因為我心懷苟且，以為終於能從如何向羅倫斯報告的苦惱中解放的緣故。

不過海蘭急忙抬頭否定。

「不，那不是問題，你放心。」

「這……這樣啊？如果是因為羊在建國故事裡扮演重要角色，所以不能用狼作圖徽，這我也能接受……」

海蘭聽了雙肩一垂，笑著說：

「他們才不會用這種理由拒絕呢。除非你想畫個骷髏高舉起來，那就怪不得人了。」

我倒是覺得繆里會喜歡那種。

「那就好。」

所以是什麼讓海蘭難以啟齒呢？

在我的注視下，她還是很無奈地嘆了一口氣，放棄掙扎。

「賜你圖徽使用權這件事本身是沒問題。我能用我的名字，保證你們喜歡的圖徽的效力。但是我問圖徽官登記圖徽需要哪些東西時，他講了一個有點難辨的東西。」

我完全想像不到那會是什麼。這時海蘭忽然走離圖徽庫門幾步，壓低聲音說：

「那就是圖徽使用者之間的關係。」

「關係……？」

「如果你們用的圖徽有一小部分不一樣那就還好……可是你們要用完全一樣的圖徽，就需要說明你們兩個是什麼關係。」

我也只能點點頭表示有聽清楚，但她一眼就看出我根本沒聽懂吧。

海蘭接著說明：

「圖徽不是有權威的東西嗎？因此，當使用同一個圖徽的兩個人關係破裂，就會產生由誰來繼承圖徽的爭執。誰擁有這種時候的優先權等常見於繼承遺產時的細項，都根據自古代帝國時期延續下來的法典制定得清清楚楚。」

的確。假如幾個親戚共用一個圖徽而發生爭執，分家出去的人擅自使用這個圖徽肯定會招來混亂。

「所以問題就在於你跟那位小姐的關係了。」

說到這裡，我也終於明白海蘭為何頭疼。

而且極為深切。

「你說你跟她不是真的兄妹嘛？」

「對……我只是在繆里她家工作，從她出生起就在照顧她而已。」

「那麼嚴格來講，你們應該是老闆女兒和傭人的關係。然而這樣的兩個人共用一個圖徽，就是，怎麼說呢……」

看來覺得不道德並不是我的錯覺。

教人很難不覺得這是一場畸戀。

「其實我本來想跟紐希拉的溫泉旅館那邊報告這件事，但突然覺得這其實有點不道德……還以為想到了好方法，結果還是太草率了的樣子。」

「不會，我也覺得這個想法很好。我想你們的感情超越了男女之情和血緣之情，而我也覺得那是一件很好的事。用世上只有你們能用的圖徽來象徵這份感情，不是很美嗎？」

我能感到海蘭是認真這麼想，所以她也了解問題有多棘手。

「如果是名門工匠那樣，就能用師父與徒弟的名義。」

這我倒是能夠輕易接受。

「不過，你們不是師徒關係吧？」

「算是家教和學生的關係吧……」

「學生的話，恐怕不足以作為繼承圖徽的關係。」
這問題實在有點麻煩，然而看到海蘭想得那麼認真，我不禁莞爾。
海蘭注意到我的笑容，表情疑惑。
「抱歉，忍不住就……」
「忍不住什麼？」
我決定老實回答。
「對不起，您這麼認真處理這件事，我真的很高興。」
海蘭眨了眨眼睛，有點生氣地說：
「我當然認真啊，你們不也是認真的嗎？」
她這麼激動，反讓我嚇一跳。
「要在文件上騙人是很簡單的事，可是這個圖徽象徵的是你和她的感情，怎麼可以用欺瞞行為來得到呢？」
她說得像日出東方，海水鹹苦一樣，沒有一絲懷疑。
這時，我錯愕的神情讓她乍然回神。
她的表情變得很難堪、害羞，說道：
「不好意思。因為這件事實在太美好，我一不小心就太投入了。」

我再次體認到自己真的遇上了一個不可多得的貴人。

「真希望能讓您實際看見我現在的喜悅。」

「別這樣，你搞錯了。」

海蘭轉過頭去，嘆口氣說：

「我對這種家人感情之類的事很沒有抵抗力，因為身世的關係。」

畢竟她是國王的私生女。

海蘭縮頭自嘲的樣子讓我啞了口，連應和的話都說不出來。

「夠了夠了……總之就是，我這邊已經準備好了。假如你真的想不出一個合適的關係，用師徒這種保險一點的也行。」

說完，海蘭將手搭在額上，往櫺格窗外的廣場望。

「真是的，我在這激動也於事無補，去吹吹風好了，順便去黃金羊齒亭找個位子。」

我無法留下她，只能低著頭送她走。

然而說不出話，是因為腦袋被其他事占滿。

我究竟該怎麼說明自己與繆里的關係？

不是兄妹，不是情侶，也不是師徒。

即使一個個列出來，也找不到一個貼切的。

這樣屈指一算，我才發現自己和繆里的關係十分曖昧，模糊不清。

我們整天在一起，繆里會為我做出不顧性命的事，我也會一輩子貫徹我對繆里發的誓。然而，我卻無法用言語說明我們的關係。

發現這一點，讓我在空無一人的石廊上感到時間彷彿在這一刻停滯。前後都是無限的走廊，手上明明有把鑰匙，卻開不了任何一扇門。

同時我也注意到，繆里的不安多半也是這種感覺。

明明這把鑰匙會帶我到可以放鬆，心靈祥和的地方，卻不知道要開哪扇門。能夠倚靠的，就只有唯獨聽過那麼一次的誓言。

我終於懂繆里為什麼說她當我是異性來愛，卻放不下大哥哥這個稱呼了。她是想抓住那最後一點點的，名為哥哥的聯繫。

在大教堂前，我提議做圖徽可說是心血來潮。不過是覺得那是能逗繆里開心，同時消解一點罪惡感的一個貼心小禮物罷了。萬萬沒想到它會有這麼深的含意。

對繆里來說，那徽記一定就是門的刻印。

在冰冷石廊中不知徘徊了多久才終於發現的刻印。

而我，有義務用花鋪出一條通往那扇門的路。

「可是……」

到底該怎麼鋪呢？
佇立在悄無聲息的石廊，我突然好想讀聖經。

第二幕

是海蘭提到的關係讓我心裡很亂吧，我回不了圖徽庫，在走廊上來回踱步到最後，人跑到廣場上去了。一不注意，手上已多了包繆里應該會喜歡的葡萄乾。直到午課的預備鈴響起，我才終於回神。

辦理圖徽使用權時需要說明關係這件事，繆里還不知道。海蘭說得沒錯，這本來應該是一件非常美好的事，其中不該有欺瞞。然而我想不透繆里知道這件事以後會有什麼反應，說來丟臉，我需要鼓起很大的勇氣才敢回圖徽庫。

推開像我心情一樣沉重的圖徽庫門，往裡頭走。

繆里在閱覽台前專注地看圖徽冊。

「其實……」我對著她的背說明這件事。

為了不讓邊看圖徽冊邊聽的繆里太難過，我再三強調一定會為了她做出圖徽。明白接下來必須多加把勁而為自己打氣時，繆里給了我嘆息、怨懟和狼耳狼尾。

「現在還說這個？」

然後聳著肩闔上書站起來。

「我以前是有為那種事難過很久啦。」

我拚命強忍「以前」這用詞帶給我的苦笑時，繆里的手忽然一把伸過來搶走葡萄乾的袋子，並勾住我的手。

「可是你不是說過嗎，你和神不一樣，就在我身邊。摸起來其實還滿結實的，不過有點墨水的怪怪酸臭味就是了。」

「咦，會臭嗎？」

以為自己向來很小心的我緊張了一下，繆里跟著露出勝利的笑容。

「哼哼，這就是只有我一個人知道的黎明樞機。寫在紙上到路口宣傳也不會有人信吧。」

「……」

我說不出話不是因為她笑我，而是因為她的聰明。

繆里的意思是，寫在紙上的事並不可靠。

「關係是吧？怎樣都好啦。」

她背著手輕輕一轉，跳舞似的後退著鑽進我懷中。

「只要能做出只有我跟大哥哥能用的圖徽就夠了。」

繆里稍稍回頭並順勢轉身，抓在我身上。

狼尾巴搖得啪啪響。

說她成熟嘛，有時就這麼孩子氣；說她孩子氣嘛，有時卻比我還成熟。

手伸到繆里背後，或許是因為我覺得自己是個待縛的罪人。

「可是師徒的話，我就是師父了吧？」

繆里在我懷裡抬起頭這麼說。沒能立刻否認，讓我都替自己丟臉。

「妳自己提出來，我反而輕鬆。」

繆里就像一隻沒教養的狗趴在我身上，我鬆口氣抱住她。一碰到她背後的肋骨一帶，她就癢得扭動。

「可是，我還是想再找一下其他用詞。」

「新娘子。」

「不行。」

被我迅速否定，繆里反而笑得更開心。

「好啦，既然大哥哥念過那麼多書，遲早會找到。到時候——」

繆里鑽出我懷中，面對我說：

「我對大哥哥的叫法也會變吧。」

這是件令人欣慰卻也落寞的事。

但就像繆里說的那樣，她依然是她，在我的身邊。

「我很期待。」

繆里咧出一口白牙，說：
「好啦，我也要繼續調查了。」
「時間還很多，慢慢來。」
說完，我才覺得有點奇怪。
攤在閱覽台上的書冊，並不是狼的圖徽冊。
「調查？妳不是在找圖徽嗎？」
我從繆里後頭窺視，發現書上的插圖繪有黃金羊和持劍的人，還以莊嚴的字體敘述著像是王國的建國故事。
「雖然圖案很有意思，不過這裡還有幾本書講到幾個知名家族圖徽的由來。」
繆里像是知道我想問為什麼變成找這種書，接著說：
「同一種動物圖案，會有正面或側面，嘴巴裡叼旗子，身上揹的寶劍之類的不同。有的狼還畫成兩個頭，甚至跟雙胞胎小嬰兒畫在一起，而且這好像都有意義喔。」
圖徽背後總是有一大篇故事，好在後世晚輩為了該如何自處而迷惘時給予指引。
「妳是想調查那些圖徽的意義，也給自己的圖徽賦予意義嗎？」
「嗯。還有就是，我想盡可能聽他們自己說。」
「這不太——」

原想說不可能，但臨時打住。

至少見黃金羊一面並不是不可能。

繆里也像是發現我注意到這點，問：

「大哥哥，你很閒吧？」

「也沒有很閒啦……」

我很想多翻點聖經，但主體部分已有不少進展。

況且我之前才在房間裡關了一星期，繆里想把我從神身邊搶回來了吧。

想著想著，繆里淡淡地說：

「我想跟實際知道書上這些故事是怎麼回事的人聊一聊之後，再決定用什麼樣的圖徽。」

肯跟循先人的智慧是件好事。

不過，繆里似乎還有些歪腦筋。

「還有，說不定這個國家的狼圖徽這麼少，就是那隻羊咩咩害的。」

露出挑釁笑容的繆里使我感到耀眼的年輕光輝，不禁嘆息。

「雖然伊蕾妮雅小姐很厲害，可是哈斯金斯先生他啊，甚至能讓赫蘿小姐抬不起頭喔。」

「咦，娘嗎！」

對繆里而言，她母親是世上最強的賢狼赫蘿。要是知道赫蘿曾被他當小孩看待，一定會更吃驚吧。

「話說回來，像護身符老闆說的那些建國前的故事我就從來沒聽過，說不定會很有意思。」

「是吧？那隻羊咩咩搞不好知道很多現在已經不在了的騎士團的故事耶！」

說不定那才是她真正的目的。其實離開紐希拉到今天，過的都是冒險犯難的旅程，偶爾這樣悠閒一下也不壞，又能幫助繆里增廣見聞。

「那就去找他吧。」

「嗯！」

繆里應聲時，門外正好傳來搖鐘聲。

「在那之前，得先填飽肚子。海蘭殿下好像已經去幫我們留位子了。」

「看過羊咩咩的圖徽以後，肚子都餓了！」

我將書收回櫃上，向圖徽官告辭後離開市政廳。

初春的太陽，平等地照亮了廣場上每一個人。

黃金羊哈斯金斯，居住在王國數一數二的布琅德大修道院領地內。從地圖看來不近也不遠，騎馬大概要用上四五天。

海蘭不太了解我們為何要到那裡去，我告訴她布琅德大修道院領地那有個我在早年旅途中認識的老牧羊人，學識非常淵博。

這個老牧羊人平時鮮少與城裡人接觸，頗為神祕，日子久了甚至有人說他會魔法。海蘭似乎也是往這裡猜，覺得是個不世出的大學者。

另外，由於布琅德大修道院比王國歷史還要古老，擁有龐大財富，以態度高傲聞名。為了避免讓我們吃閉門羹，海蘭還特地寫了封介紹函。不過就算修道院願意開門，被哈斯金斯本人拒絕了也沒用，於是繆里偷偷請夏瓏的鳥同伴送信過去。

安排路線時，海蘭想給我們派幾個護衛，可是繆里不喜歡有人打擾這趟兩人旅程，後來是以請護衛先到中途住宿的城鎮以備萬一的方式妥協。這麼一來，即使是和追個蝴蝶說不定就會改變路線的繆里一起旅行，也算是有跡可尋，比較放心一點。

準備馬匹、打聽路上狀況和等待哈斯金斯的回信，就先花了三天時間。這當中，繆里都泡在圖徽庫裡。夜裡她鑽進我的被子時，會一併帶來裝訂用的老舊皮革氣味，以及墨水的酸味，提醒我說不定自己真有那種味道。

最後在留下的海蘭目送下，我和繆里離開勞茲本展開旅程。

到中途城鎮的路上，由於出入海蘭宅邸的商人也要組成商隊過去，我們便搭了便車。坐馬車旅行很是悠哉，中午還一起生火弄了頓熱飯吃，傍晚準時按照預定行程，抵達中途城鎮。

和海蘭安排的護衛會合後，開始覺得這趟旅途會一路順風。

「之前都是坐船，我還有點怕這樣會很累，結果還滿簡單的嘛。」

過程居然優雅到讓繆里這麼說。到了隔天，商隊中的一名商人說會與我們往同個方向走一段路，我們就搭他的車了。雖然沒昨天的氣派，但貨台上堆滿了毛織品，讓繆里想起父母告訴過她的行旅情境，玩得不亦樂乎。

第二天也是順利結束，旅程一轉眼就過了一半。接下來，我和繆里的兩人之旅總算正式開始。護衛已經替我們探過路，繆里還是狼的女兒，不用擔心強盜方面的問題，非常愜意。

但儘管認為不會有問題，傍晚時分抵達小鎮時，我注意到房子隱蔽處有些積雪。

「明天以後說不定會很累喔。」

然而繆里卻認為第三天會延續前兩天的好風光，一早就興高采烈地下床，迫不及待想上路。

沒過多久，她就不說話了。

「屁股好痛……」

騎馬有一個俗稱「墊屁股」的必要動作，慣於騎馬的海蘭已經貼心地在行李中準備了羊毛墊，但繆里還是坐得很難受。

若路況好，還有走路的選項，不過正在消融的春雪使得道路一片泥濘。身上穿的衣服是跟海蘭借的，愛漂亮的繆里不願意弄髒。到頭來還是哀哀叫地騎著馬，等到吃完中餐再上路時，她都騎到快哭了。

要不是等在第三天旅舍的護衛看不下去，替我們弄了輛貨車，搞不好要在這多待上幾天。對於只是聽說過眾多冒險故事的繆里而言，相信這會是場有點辛苦的體驗。

不過行程本身仍是相當順暢，儘管融雪泥濘使得速度快不起來，路上都有旅舍能住，不必露宿野外。

還以為可以就這樣平安無事到最後，但是只持續到第四天中午。

「怎麼了嗎？」

貨車急停在空蕩蕩的草原中央，周圍只有平緩的丘陵。我想多半是車輪陷在泥裡，便拿起在前個小鎮買的耐髒衣物，準備幫忙。

結果駕座上的護衛說：

「說不定有埋伏。」

好嚇人的話。

「您先讓馬車回去，我自己去看看。」

嚷著屁股疼而趴著，到處在貨台木板上畫圖徽的繆里也坐起來，和我對看。

「埋伏？有山賊？」

「我們不在山上，有也是半路打劫吧。可是……」

從貨台往前方路上看，憑我的眼是看不到任何人。周圍到處是和緩的小丘，看起來沒地方能躲。眼力沒多好的繆里也沒看到，不過她吸吸鼻子，從融雪時期的略濕空氣裡掌握到了些什麼。

「有一種……哀傷的味道。」

我用妳在開什麼玩笑的眼神看她，她馬上就不高興了。

「如果是生氣的味道，我馬上就聞得出來。真的有那種味道啦。」

其實赫蘿好像也說過類似的事。

「那埋伏是怎麼回事？」

護衛已經離開駕座，拉著馬轡要馬掉頭。我姑且壓低聲音對繆里問，而她聳聳肩說：

「應該只有一個人吧。要是他沒說，我也沒發現前面路上有人，好厲害喔。」

原來海蘭派給我們的這位護衛只是看起來年紀輕，事實上很有本事。

他將貨車拉回比較安全的位置後，拿起弓往山丘後方走。

身影消失在和緩曲線另一邊。

一會兒，肩上扛了個少年回來了。

在城鎮間泥濘的融雪路上掉了條手帕，隔了一天才撿回來。

護衛扛回來的少年即是給我這種印象。

「他受傷了嗎？還醒著嗎？」

我急忙跳下貨台，跑到護衛身邊。

護衛先讓少年躺在一旁草叢邊，回答：

「他沒事，就只是餓到不能動而已，是吧？」

滿臉是泥的少年聽了護衛的話稍微睜開眼睛，無力地點點頭。仔細一看，那些汙泥底下有著與海蘭相仿的金黃短髮，眼睛也是漂亮的淺藍色，長相端正得有如貴族。

肚子餓又一身泥，多半是貧血昏倒，摔進泥坑裡之類。

「有的人會設這種陷阱，專門搶好心的旅人，不過嘛——」

我多少也能理解護衛為何是難以置信的語氣。原因出在少年的服裝。

他穿著一件薄大衣，鞋子也完全不是用來走泥濘路的軟皮靴。背包像是不剩半點行糧，扁得可以，而且很小。

因此，擺在少年身旁的劍看起來特別粗重。而且因躺下而掀起的衣服底下，竟然還穿了鎖子甲。穿著這種東西旅行不僅很重，在仍有寒意的早春又只會奪去體溫，一點用也沒有吧。

以一個路倒的少年來說，這身裝束太奇怪了。

「如果只是流浪兒，我就當作沒看見了。」

護衛從海蘭接下的任務，是保護我們的安全。
為顧全任務，有時下冷血的判斷也是難免，但他還是把少年扛過來了。
應該有特殊原因。
「這條路過去就只有布琅德大修道院領地吧？會是修道院的人嗎？」
如果是修道院僱用的守衛，那麼這身武裝就合理了。然而那樣的人應該不會傻到穿這種顯然不適合旅行的服裝，甚至餓倒路邊。
「不。我也很驚訝，他是見習騎士。」
「咦！」
出聲的是遠遠在貨台上看狀況的繆里。她急得很想跳下車，但泥濘的路使她遲疑，最後換上前一個小鎮買的便宜鞋子，小心翼翼地爬下來。
少年注意到女孩接近，咬緊牙關坐起來。
那模樣讓護衛莞爾一笑，繆里將手上的食物和飲水遞給少年。
「生個火烤一下比較好吧？」
這一句話，決定了我們得照顧他。
「那我來代勞吧。」
護衛說完，往接下水袋和略乾麵包的少年看。

「小子，想跟我們一起走的話，就跟這兩位把你發生的事解釋清楚。」

並且對他表明這三人中誰才有決定權。

少年有點卑屈地抬眼看看護衛，然後慢慢大幅點頭。

他應該很想把手上東西立刻塞進肚子裡吧，但他仍很有骨氣地挺直腰桿，將水袋和麵包擺在大腿上說：

「我的名字是卡爾．羅茲。」

聲音沙啞，嘴唇也裂得很厲害。

即使如此狼狽，他依然沒有失去他的尊嚴，而那也不是我的錯覺。

「現在是見習騎士，聖庫爾澤騎士團的見習騎士。」

這能解釋他為何有這把粗重的劍、不合宜的鎖子甲和護衛為何救他。

不懂的，是他怎麼會倒在這裡。

「聖庫爾澤騎士團！」

繆里突然大叫。

「那是在很南邊的庫爾澤島上戰鬥的騎士團吧！金色手甲銀色胸甲和飄揚的紅色披風，就是他們的招牌！他們是世界最強的聖庫爾澤騎士團！」

在紐希拉的溫泉旅館，繆里都是挑這種故事聽。

聖庫爾澤騎士團在眾多騎士團之中是赫赫有名，繆里當然很興奮，我卻反而緊張。

原因在於這個騎士團本身。

「我還只是見習，那些裝備都離我很遙遠……」

名叫羅茲的少年雖有點難為情，但不難看出他仍有幾分驕傲。聽說即使只是見習騎士，也只有身分高貴的人才能進去。

所以他的確是名門子弟。

「可是……聖庫爾澤騎士團的騎士怎麼會在這裡？」

聖庫爾澤騎士團，另以教宗的打手著稱。他們的根據地位在南方的庫爾澤島，以殲滅所有異端信仰為信條。換言之，現在王國最容不下的就是他們。

但是，他們自認為是天譴的人間代理人，潛入王國被發現一定是個大問題。絕不會派迷糊到會獨自在路上走到昏倒的見習騎士來。

即使是戰前偵察也不會如此。

那些老練戰士絕不會給斥候這麼差的裝備。

「這……我……」

羅茲支吾其詞。

「騎士就算被敵人抓走，也不會隨便招供的啦，大哥哥。」

繆里不知在神氣什麼。她應該不曉得聖庫爾澤騎士團是什麼樣的定位，不過她天真的樣子反而讓羅茲放鬆了點。

「很抱歉，你們救了我的命，我卻不能詳細說明。總之我是受到團的命令，要送信給位在前方的布琅德大修道院。」

「是喔？我們剛好要去那裡喔！」

繆里的模樣，讓羅茲露出比那副外表更穩重的成熟笑容。

「各位是在巡禮的路上嗎？」

他身為名門子弟，又在別名教宗打手的騎士團見習，一定是虔誠信徒。他毫不懷疑地這麼問，讓我不知該從何說起。

「有點複雜啦。」

這時繆里替我接話。

「雖然我叫他大哥哥，不過他是替我爹工作的人，不是我真正的哥哥。」

她說得很快，聽得羅茲傻愣著點點頭。

「我們是出來旅行增廣見聞的，之前在一個叫勞茲本的城裡研究圖徽的事。」

「這樣啊……該不會是為了分家吧？」

圖徽對羅茲而言是司空見慣的事吧，並沒有任何疑問的樣子。

「嗯，可以這麼說。後來我們發現，王國以前有很多騎士團，想去找懂很多的人聊一聊。」

「我們聽說有個在布琅德大修道院領地的牧羊人，知道很多以前的故事。」

羅茲看看繆里和我，點點頭說：

「我懂了。能遇上兩位，說不定是神的指引。兩位在這個國家，一定是信仰特別忠貞吧。」

那一瞬之間的異狀，看來不是錯覺。

與人對話似乎讓他恢復了點活力，精悍神情重回臉上，並說：

「既然兩位是從勞茲本來的，那應該有聽說過那個惡名昭彰的黎明樞機吧？」

在應付突發狀況上，我真的完全比不上繆里。

「嗯，有聽說啊。對了，你肚子很餓了吧？有話吃完再說吧。」

羅茲正想接話，肚子剛好大叫起來。

即使不是見習騎士，在女孩面前肚子叫對這年紀的男生來說也是很難為情的事。

「不夠吃還有喔。」繆里咯咯笑著說。

雖然羅茲很不好意思，到最後還是將麵包送進嘴裡，少年的食慾一發不可收拾。

配上護衛生火烤的醃肉，最後他掃掉了三塊麵包。

「一天要禱告三次啊？咦，吃東西的時候完全不准說話？會用銀戒指試毒是真的嗎？有人成功過嗎？」

繆里把握機會，對靜靜用餐的羅茲發起問題攻勢。這次不是因為聽吟遊詩人吟詩或哪個誰說故事，真正的見習騎士就在眼前。

她或許是很想知道聽來的傳聞是真是假，但我覺得有一半是故意的。

因為羅茲在用餐前說的「惡名昭彰的黎明樞機」。

護衛在稍遠處的貨台邊叫我過去，裝作整理行李並說：

「因為他身分特殊，丟下來不太好，所以我才帶回來的。」

他那看不太出表情的臉，彷彿只要我肯要求，他就願意綁起少年棄置荒野。

「沒關係，總不能見死不救。幸好他應該還沒發現我是誰。」

和羅茲對話的繆里，還眉也不挑一下地自稱伊蕾妮雅。

「那就好。我比較關心的是，騎士團的人為什麼會在王國裡。」

我也有此疑問。

「他全身上下包含服裝在內，都不像是有充足準備的樣子呢。」

「感覺那身衣服就是直接從他們南方的總部穿來的，實在不像是跟戰爭有關的樣子。」

這麼說來，可能並不多。

「會是逃兵嗎？」

「他給我看過有騎士團蠟印的信，證明他沒有說謊。如果是逃兵，應該會掩飾身分才對。要是逃兵被抓回去，下場會非常悽慘。」

我也這麼想。

「我有一個假設，不過說來話長，等到送他到修道院以後再說吧。」

護衛幾乎是在說完的同時把生火時沒用到的薪柴堆上貨台。說得太久，會讓羅茲起疑。

但看樣子，似乎不必這麼警戒。

「大哥哥！」

繆里有點不知如何是好地跑過來。

「他吃飽以後烤一下火就安心睡著了的樣子耶。」

「……」

我看著昏睡在火堆旁的羅茲，不禁與護衛面面相覷。這真的不像是為挑發戰端而來的戰士，也不是作事前偵察的密探。

看著他，我想起了以前的自己。

為了當個神學者，毛都沒長齊就從出生的村落跑出來，結果一下就走投無路，像乞丐一樣到處遊蕩。最後在山窮水盡時，被正好經過的羅倫斯和赫蘿搭救。長長的故事就此開始，直至今日繆里與我同行。

而繆里當然也從母親那聽過這件事。

「娘跟我說過，你當初也是那樣喔。」

「我也是吃了三個麵包呢。」

聽我這麼說，繆里愉快地眨眨眼睛。

「請問離修道院還有多久。」

護衛聳聳肩回答：

「雖然會比預定晚，但天黑之後沒多久就會到了吧。」

「那我們出發吧。讓沒有體力的孩子露宿野外不太好。」

護衛默默頷首清理火堆，將睡得不省人事的羅茲抱到貨台上。

即使動作算不上輕柔，也沒有驚醒羅茲。

而且他表情痛苦，不像是有病痛，而是作惡夢那樣。

「神啊……」

能聽見他反覆如此呻吟。

繆里用浸過熱水的手帕替他擦擦額頭。

還不顧他身上都是乾泥，將他的頭擺在自己腿上摸。

羅茲甚至在睡夢中流下眼淚。

以一個傲視群雄，舉世聞名的最強騎士團成員來說，那模樣實在太落魄、太脆弱了。

羅茲一睜眼就驚叫著跳起來。

「哇、啊、哇……」

他慌張地在身上摸來摸去，像在檢查是否遭竊。摸左腰的動作，表示他在找劍。

「劍在這裡，信在你胸前。」

護衛打著手勢說。他為安全起見而暫時移走了劍。

聽他提起信，羅茲才想起自己睡昏了。

望向天空，是因為天全黑了。火堆燒得又紅又旺，上頭架著鍋。

「啊……呃……」

「不好意思，原本是預期在你醒來之前趕到修道院的。」

這話使一旁的護衛臉上無光。原本打算入夜之後抵達，沒想到路況比想像中更糟，車輪陷在泥裡，處理了很久。

護衛說其實修道院近在眼前，不過天氣並不是太冷，與其冒著趕路而走錯路的風險，不如選擇野宿。我當然不認為這是護衛的責任，但他自己仍頗為自責。

「這、這樣啊……對不起，我一時慌了。」

羅茲找地方坐下，繆里跟著拿喝的給他。這是用旅舍鎮買來的牛奶摻蜂蜜跟葡萄酒調成的，原本是給繆里喝，給這位仍有點稚氣的少年喝也不錯。

接著繆里還在他身旁坐下。

大概是不想讓他在這種時候被孤立吧。

「你睡著的時候一直在呻吟呢。」

我不只是關心，當然也有探問的意思。

羅茲似乎立刻發覺了弦外之音，垂著眼不說話。

「我想你穿這樣，不太適合在這裡旅行。方便的話……我可以幫你一點忙。」

繆里從鍋裡隨便撈幾塊羊肉和洋蔥，遞到羅茲眼前。他抬起頭，什麼也沒說，只是微笑。即使在通紅火光照耀下，也看得出少年紅著臉接下繆里手中的碗。

光看這樣，會覺得他就只是個良家子弟。

然而即使是疏於世事的我，也能輕易理解他身分特殊。

而且在路上，護衛對我說了很多騎士團的事。

「你是來向布琅德大修道院求援的，我猜對了嗎？」

這一問嚇得羅茲都要抖掉了捧在大腿上的碗。

「你、你怎麼知道，難道你看了——」

「我沒看你的信。只是從騎士團的狀況……還有你的樣子，自然就推測出來了。」

至少護衛是這麼說的。

「大哥哥，不要說得像問口供一樣嘛。」

這時繆里插嘴了。

「不用回答他啦，大哥哥很壞心。」

繆里口口聲聲替羅茲說話。

護衛經過冷靜判斷，認為讓繆里來扮白臉會比較容易讓他吐實，但感覺上繆里有一半是真心的。無論怎麼說，羅茲都是繆里心目中傳說級騎士團的人。

「沒有啦……妳哥哥才不壞。」

事情似乎真如護衛所料，羅茲放下碗說：

「非常感謝各位的幫助。不僅在我睡著以後送我過來，還給我東西吃……三位看起來，像是商家的樣子，自然會關心我這類人的動向吧。」

年紀明明只比繆里大一點點，說話倒是有禮貌得多了。

「而且這件事，各位早晚都會知道，不如……」

羅茲看看身旁的繆里。

「不要那樣看我嘛，我沒事的。好了，別糟蹋了妳那張美麗的臉。」

他笑了笑，想讓繆里放心。繆里很習慣人家誇她可愛，但美麗說不定還是頭一遭，她又驚又羞的樣子可不是那麼容易見到。

即使只是見習，他也是個志在扶弱除惡的高潔騎士。

羅茲也許能成為這樣的人物。

「各位想知道什麼就儘管問吧，就當是答謝供我歇息溫飽之恩，我必定知無不言。」

他以倒臥野外時無法想像的堅定神情這麼說。

護衛默默點頭，拿起他保管的劍，越過火堆拋給羅茲。

「劍也會想待在有能之人的身邊吧。」

下意識接住劍的羅茲發現自己受到護衛的讚賞，恭敬地低頭道謝。

「那麼，我就問了。」

我清咳一聲，重複護衛對我說的話。

「聽說你們聖庫爾澤騎士團……喔不，正確來說是騎士團裡你們這個分隊正為缺錢所苦，是真的嗎？」

聖庫爾澤騎士團是受教宗之名號召，為信仰而戰的集團。而如同教會遍布整個王國，騎士團也是各國精銳雲集。

據說與異教徒的戰況仍然激烈的那幾年，每個國家能進聖庫爾澤騎士團的人愈多，信仰等第之類的評價也就愈高。因此各國王侯都爭相將他們最勇猛的士兵送過去，並且在捐獻上爭高低。

由於這樣的背景，騎士團內部並不團結。各國人士各自組成分隊，互相嚷嚷著自己才是神之意旨的真正旗手，在基地裡甚至食衣住都各自不同。

對熱愛騎士故事的繆里而言，這些都只是常識的樣子就是了。這麼一來，答案呼之欲出。

溫菲爾王國當然也曾經捐獻過足以成立分隊的錢財，但如今王國卻和教宗槓上了。

從王國的角度看，送錢給聖庫爾澤騎士團維持分隊，根本是幫敵人養兵。從教宗的角度看，手邊有敵國資助的武裝集團，還跟別人稱兄道弟。

結果就是聖庫爾澤騎士團的溫菲爾王國分隊再也拿不到來自王國的金援，在基地內遭到孤立。而且王國這邊還出現稱作黎明樞機的可疑人物，助長王國與教宗對立的氣焰。分隊身為來自這個國家的人，虔誠度自然也遭到質疑。

護衛告訴我，這件事在跨海貿易的商人之間流傳很久了。

而羅茲是這麼回答的：

「……人說飢餓，其實是源自信仰不足。」

可能是為了維護騎士團的名譽，不願說自己很窮困吧，總之那是事實。

「那麼，聽說你們要回王國來了也是真的嗎？」

羅茲想了想，開口說：

「我們現在的狀況是很困難沒錯，可是王國裡的教會組織和聖職人員應也都是如此，所以我們——」

他手按胸口，確定信還在身上才說下去。

「請求雙方攜手共度難關。」

真是個聰明的少年。

在騎士團的基地待不下去，就只能返回王國。

可是歸於與教會對立的國王麾下，關乎他們身為教會騎士的存在意義。窮途末路的他們，多半最後選擇的是請王國內的教會組織接收他們吧。

派出羅茲這樣的少年進行任務，可能是因為資金有限且需要低調行事，以免刺激王國。

「那你怎麼會說我們早晚都會知道呢？」

羅茲點點頭。

「在我們這樣的先遣隊之後，分隊長的船隻也會離開庫爾澤島，不久就會抵達王國某個港口。島上的環境……真的一天比一天惡劣。」

人只會對同一族類的人施予友愛和同儕意識。

除了騎士身分，出身於溫菲爾王國的騎士在他人眼中更是王國的人。

金援斷盡，周遭的眼光又太過刺眼，在基地裡待不下去的他們便淪落為流民，尋找棲身之所。然而同時跨足教會與王國的身分，造成了他們的阻礙。

當我為騎士們的窘境深感同情時，羅茲握緊腿上雙拳，擠出聲音說：

「我們的信仰，明明一點都沒變……」

眼淚滴落在拳頭上。

羅茲發現自己流淚而慌了起來，但繆里搭上他肩膀的手更是讓他忍不住淚水。繆里將羅茲的頭抱在懷裡，用不知如何是好的困惑神情看著我。

在王國與教會抗爭一事上，我感到正義是站在我這邊。教會坐擁特權多年而深染惡習，總有一天需要匡正，如今我也依然是這麼想。

然而在世間掀起的變化浪潮愈大，捲入的人也就愈多，教會這方的人也無法例外。

教會這邊也有堅守教條的人，我當然不願意傷害他們。然而激烈翻騰起來的改革浪潮已經無法復原，而我也不認為應該復原。

面對羅茲的悲傷和痛苦，我只能抱胸沉思。

我的行動，傷害了很多意想不到的人。

無論道歉或視而不見，感覺都不對。

像這種時候，禱告和信仰都無濟於事。
只好盡我所能，為火堆添點柴枝。

隔天醒來，羅茲已經不在了。
用樹枝撥弄枯火堆的護衛告訴我，他在日出前就離開了。
還淡淡地說，也許是因為即使還在見習，騎士也不該在人前掉淚的緣故。
聖庫爾澤騎士團成了落入王國與教會裂縫之間的一葉孤舟。身為擴大這裂縫的推手之一，我覺得自己要對他的眼淚負起部分責任。
「他能順利得到修道院的幫助嗎？」
護衛在煮早餐喝的牛奶吧。他抬頭看看我，視線回到火堆上說：
「我想很難。」
「他們不是聖庫爾澤騎士團嗎，接收他們不是件榮譽的事嗎？」
「像布琅德大修道院這種有長久歷史的大組織，不太可能會把這種燙手山芋接進門。騎士團對任何陣營來說既是敵人也是朋友，是戰地上最難做人的一群。」
「……是你的經驗談嗎？」

他聳聳肩說：

「海蘭殿下收留我以前，我是個傭兵。當傭兵之前，我住在一個國境上的村落裡，動不動就會變成對面國家的人，要效忠的領主也常換來換去，所以兩邊都不信任我們，還會迫害我們。我明明都住在同一塊土地上，卻總覺得自己是個流浪兒。」

我沒接話，護衛又笑了笑說：

「最好笑的就是吃飯了。」

「吃飯？」

「只隔了一道國境，飲食習慣就不一樣了。一邊習慣用水煮肉，一邊堅持要用火烤才行。每當領主換人，我們煮肉烤肉也得跟著變，好讓人家接納我們。」

護衛像是憶起當年情境，淺笑著嘆息。

「新領主來了以後，就會說我們的肉根本不是肉，直接丟在地上。那小子說明明自己都沒變這句話，真是說到我心坎裡了。」

接著他收起笑容抬起頭來。

「抱歉，我太多話了。」

「哪裡……」

護衛繼續面無表情地控制火候。

人的立場或敵我觀念，往往比天氣還要善變，難以捉摸。

我嘆著氣站起，往馬車貨台看。用行李當枕頭的繆里已經起床，盯著一塊布看。

「那什麼？」

「嗯……」

繆里用喉嚨輕聲回應，懶懶地爬起來，用雙手將那塊布高舉到我面前。

「這是那個騎士給我的，他還說長大以後會來找我呢。」

那塊布印上了兩把劍交叉在教會徽記前的圖案，即聖庫爾澤騎士團的團徽。

「雖然他還挺像故事裡的騎士……不過滿愛哭的，有眼淚的味道。」

吟遊詩人的歌曲裡，總是少不了騎士征討惡龍的途中，將衣服上印有騎士團徽的部分割下來交給小村姑當信物的橋段。

想不到真的會遇上這種事。這時，繆里將團徽按在鼻子上對我賊笑。

「這算情書吧？大哥哥要吃醋了嗎？」

我給她一個無力的笑。

「他的確是個出色的男性。」

繆里立刻嘟起嘴，然後往團徽吹口氣說：

「那個男孩說他是在這附近出生的耶。」

雖然應該是羅茲比較大，繆里叫他「那個男孩」感覺也很搭，讓我笑容僵在臉上。

「我看他過得很不好的樣子，就問他要不要回家看看。他是貴族沒錯吧，感覺很有氣質。」

「想當騎士得先有自由身分，應該是吧。」

「可是出生在這附近的話，應該知道在這個季節穿那麼薄的衣服會冷才對……結果問了以後才知道，他對這裡完全不熟，就只是部隊裡的長官聽說他是這附近出身的就派他來了。其實他很小的時候就被趕出來，幾乎沒回來過。」

出發前，星星還在眨眼時，繆里和羅茲湊在一起對話的畫面浮現眼前。

但有個字眼比那可愛的畫面更令人在意。

「趕出來？從家裡嗎？」

「聽說他上面有六個哥哥，只有大哥能繼承家業。二哥三哥是用來預防大哥有個萬一，原本照顧得很好，長大以後還是跟其他人一起被趕跑了。」

這就是貴族的長子制度。

有多個孩子分家產，土地會分得太小，財富散盡。

所以就像鳥會將太虛弱的雛鳥踢出巢一樣，將不要的小孩趕出去。

「他說貴族都會把不要的小孩趕到騎士團去，所以騎士裡幾乎沒有長男。我還是第一次聽說這種事耶。」

在紐希拉的溫泉旅館說來娛樂客人的，都是騎士們心目中的幻想世界。
在那裡，氣志高潔的人自願從軍為正義而戰，不時除惡鏟奸，消滅傳說中的怪物，拯救人民於水深火熱之中。
然而現實的騎士制度，事實上仍是根據血淋淋的世俗慣例所構成。
或許正因如此，他們才追求那種理想形象吧。
「還以為他們就只是帥氣耀眼而已呢。」
繆里說得像大夢初醒一樣。
「啊，可是——」
她隨後往我看來。
「大哥哥還是很帥氣耀眼喔。」
講得這麼故意，我除了苦笑還是苦笑。掙脫糾纏上來的繆里，我往羅茲可能的去向望。
他既屬於聖庫爾澤騎士團，卻又不屬於那裡；既是溫菲爾王國的子民，卻又不是。
有似曾相識的感覺，是因為那與我和繆里的關係很像。
如同找不到適切的關係來申辦圖徽，他們也由於立場模糊不清，得不到任何人的幫助而陷入孤立無援的窘境。
我衷心期盼這群流浪的騎士能有個適切的名字。

「大哥哥，這個團徽該怎麼辦啊？」

繆里的表情像是收了份過重的禮。

「那是他的心意，妳就收好吧。」

只見她聳聳肩，垮著眼看我。

「你真的很不懂女孩子耶！」

「咦咦？」

繆里輕盈地跳下馬車，我愣在原地說不出話。

不過吃完早餐上貨台出發後，我發現她把團徽像吊飾一樣縫在腰帶上，拿她沒轍而苦笑。

護衛說修道院近在眼前，還真是一點也沒錯。

太陽升起，今天又是在無雲的藍天下行進，沒多久便見到一座圍繞高大石牆的建築。

「好誇張喔，像要塞一樣……」

「因為這所修道院非常古老，據說是還在與蠻族對抗的那個年代建的喔。」

繆里讚嘆地點點頭。

不過相較於甚為感動的繆里，我倒覺得與兒時記憶相比，布琅德大修道院反而縮小了點。當然石牆都十分古老，守護這個神的園地有幾百年之久，並沒有打掉重建。

讓我深深感慨自己的成長。

當時我比繆里還小，是在雪天中騎在馬背上抵達的。想到最常摸賢狼赫蘿的尾巴或許就是那個時候而不禁笑起來，嚇了繆里一跳。

「兩位要見的是牧羊人嗎？」

「對。聽說他的屋子在修道院的土地上，所以好歹要向修道院打聲招呼。」

這話讓繆里有點緊張，我笑著摸摸她的頭。

「修道院很大，說不定見不到羅茲喔。」

「見到比較尷尬啦！」

羅茲說長大以後會來找她，還給了印有圖徽的布塊當信物。

在這種狀況下不到一天又見面，或許是頗尷尬沒錯。

「我去送海蘭殿下的信。」

護衛說完就輕輕跳下駕座，往正門奔去。

繆里從貨台上看著修道院說：

「臭雞的修道院也會這麼大嗎？」

她好像根本不打算用「臭雞」以外的名字稱呼鷲之化身夏瓏。

「很難吧……這座修道院有很多貴族跟富豪在捐獻，事業做得很大呢。」

「臭雞跟那個做壞的大哥哥都不太會賺錢，大不起來吧。」

三兩下就如此斷定的繆里惹人苦笑，不過我想修道院正好適合不善經商的人營運。這座布琅德大修道院積財過多，一旦陷入困境別說得不到援手，還會引來大批商人等著撿屍。

「不過既然這麼大，養一兩個騎士團不是問題吧。」

「……」

繆里刻意不看我，盯著修道院正門說。

她知道聖庫爾澤騎士團的職責，也知道他們與王國的關係。

他們本身並沒有罪，本來不應該落魄到非得派一個還在見習的少年，穿著一身不合時宜的裝備到他不熟悉的土地上，為送信求援而奔走。

我想繆里不高興不只是因為羅茲他們現在的困境，一部分是因為自己親手推了這狀況一把。

然而當下說不清誰是誰非，也還沒找到能讓雙方並行的路。

是這樣的無力感讓她覺得很煩躁吧。

「雖然護衛說過那樣的話，但是聖庫爾澤騎士團仍然是整個教會組織的榮耀，應該會接納他們吧。」

繆里點點頭，又再點一次說：「這樣最好。」

不久護衛回來，說修道院目前不接待巡禮者，想找牧羊人儘管自便，有點意外即使有海蘭的信也是這種待遇。記得我小時候那次來，他們就給我非常高傲的印象。看他們沒變，我不知怎地反而高興。

我們整輛貨車駛過正門邊的側門，衛兵嚴肅告誡我們除了牧羊人住的羊舍以外，其他屋舍一律禁止進入。

修道院的領地大約有一個小鎮那麼大，而牧羊人的羊舍位在角落。

「哇，都是羊咩咩的味道！」

羊舍同樣地看起來比兒時小了一點。

衛兵敲敲羊舍的門，不久一名老爺爺走了出來。

「好久不見了。」

即使夏瓏的鳥同伴先一步送信通知我們會來，哈斯金斯的表情仍像石頭一樣動也不動。繆里這邊則是人小鬼大的樣子全消，躲在我背後。

「繆里，快跟人家打招呼。妳父母以前受過人家很多幫助。」

哈斯金斯是個比我略高，長髮長鬍鬚，如鞣皮製品般的老人。

但繆里似乎察覺到他真正的力量，畏縮得不得了，面對王族都不會這樣。

「你、你好，我叫繆、繆里。」

她縮著脖子這麼說，又躲到我背後去。

哈斯金斯沒答話，視線從繆里身上轉向我。

「想不到我還能見到那隻狼的女兒。」

他不敢置信地這麼說，抬抬下巴就進屋子裡了。

那是要我們跟著進去的意思吧。

「大哥哥……他真的是羊咩咩嗎？」

那可是連賢狼赫蘿都會捲起尾巴的傳說之羊呢。

很高興繆里這麼快就了解到他的可怕。

「連妳也贏不了他嗎？」

我試著問問看，繆里火速搖頭。

溫菲爾王國的王家家徽上，有一頭雙肩肌肉高如獅鬃，四腳挺立大地之上的偉大巨羊。

這頭生自古代，連賢狼都被他當小孩看的羊，當然與我們所知的羊不同。

「進去吧。」

護衛又將行李拿上手，繆里緊抓住我腰際跟上。

這屋子從外面看是三層樓高，但裡面是整個挑高，二樓部分約有一半只是木板的倉庫，感覺有點空。持續有圓滾滾的綿羊進來，光溜溜地出去。

「您在剃毛啊。」

「不好意思，我要工作。」

哈斯金斯拿出能剪斷人脖子的大剪刀這麼說。

儘管時機不太好，他也沒要我們出去，我便捲起袖子也拿把剪刀。

「我來幫忙。」

護衛顯得有點訝異，但他也放下行李拿起剪刀，連繆里也加入行列，四個人一起剃毛。

這裡和以前一樣不用火爐，大家圍繞類似火堆的地爐剃毛。

撥開蓋在炭上的灰，新添幾塊柴火時，一個長相斯文的青年拿來鐵製壺具和木碗，替我們倒飲料。有種奶油的香氣，從沒見過。

「……羊咩咩？」

青年對繆里淡淡一笑就離開了屋子。

「他是從我也沒聽說過的東方國家來的，這飲料就是當地的東西。」

哈斯金斯要在這座修道院的領地裡建造羊之化身的家鄉，所以有很多來自世界各地的同伴到這裡尋求棲身之所吧。他應該在這裡經營了幾十年，說不定上百年了。

伊蕾妮雅說她與哈斯金斯的想法不合，但兩人都擁有類似的堅定信念。

「所以，你們今天來這做什麼？」

羊毛剃到一個段落後，護衛和其他牧羊人去洗羊毛，說不定是方便我們說話才離開的。

「我們想聽一些古代的故事。」

「古代？又要找聖遺物了嗎？」

「我想知道已經不在了的騎士團。」

繆里從我背後探出頭，說完又縮回去。

哈斯金斯靜靜眨眼，嘆口氣說：

「就為了這種事……？那真的是很久以前的事了，而且騎士團的故事，在王國的史料庫裡都還有吧？」

「我們想聽當事人的描述。」

我端正姿勢說。

「我和繆里想做一個只給我們自己用的圖徽。而騎士團與王家的創立故事中，似乎有不少與您這方面的人有關。」

說出來之後，我發現這的確有種令人非常難安的意思在。

但為了額頭抵在我背上躲藏的繆里，這樣是我在面對繆里的心意上所能做的全部了。

「……如果我沒記錯……」

哈斯金斯動也不動地說：

「人家叫你黎明樞機是吧。」

他在當年就不是個與世隔絕的人，現在也為保護羊群而眼看四面耳聽八方。想必他平時也會利用羊群，蒐集修道院領地外的消息。

「想把一個聖職人員跟狼的女兒湊在一起……就像想讓油水相融一樣。」

「是的。所以要做一個只屬於我們的圖徽。」

當作是某種誓約。

他已經看透這一點了吧。

哈斯金斯深深吸氣，背部彷彿隨之隆起。

那像是在笑，也像是訝異。

「你們上次為了一個可笑的事情來，這次還有過之而無不及啊。」

他不敢恭維地側首，發出喀喀響聲。

「古代的故事是吧？我是不覺得有多少參考價值啦。」

哈斯金斯拿起擺在火堆裡的鐵壺，往我的碗裡倒。壺把是以胡桃木製成，雕得相當別緻。木雕不像是哈斯金斯的興趣，應該是住在這裡的某隻羊做的吧。隱約能由此窺見這裡的生活很順遂，讓人替他們高興。

空氣裡瀰漫起濃濃的奶油香，我淺嘗一口。

「才不會沒有參考價值呢。」

繆里說話了。

「大哥哥跟我說要做圖徽的時候，我好高興……可是在那個大城市一座有好多書的倉庫裡研究以後，我們發現那不是能隨隨便便做出來的東西。」

哈斯金斯用他玻璃珠般的眼睛注視繆里，我也有點驚訝地看著她。

「我還有看到你出場的書，好厲害喔，真的是大冒險耶。」

「……那個小鬼自己玩得很高興而已。」

開國國王年紀輕輕便繼承父親領地而正式成為貴族後，加入了驅逐蠻族的戰鬥，溫菲爾的建國故事便由此開始。當然，那是描述王國興起的故事，難免會有些誇大或潤飾。大多數人，都將總會在關鍵時刻現身救助國王的黃金羊視為其中之最。

然而哈斯金斯的一句話，讓我發覺書裡的故事大多是事實。比人還高，擁有黃金羊毛的寡默巨羊，與因他而充滿希望的熱血年輕貴族，說不定曾有段連開國故事都寫不下的愉快冒險故事。

「圖徽這種東西，就像把那些故事都凝聚在一起一樣，所以對我和大哥哥來說，或許還太早了。如果把我們的圖徽擺在那個圖徽庫裡，感覺很對不起其他人。」

她起先明明那麼高興，現在卻十分冷靜地看待這件事。

反過來說，那聽起來就想是她想要先有一段那樣的故事，但這想法隨即被哈斯金斯的笑聲打消了。

「沒想到那隻狼的女兒會這麼懂事。」

哈斯金斯一副寡默鄉野智者的模樣，笑起來卻意外地像個慈祥老爺爺。

他喝了口有奶油香的飲料，說道：

「妳的母親實在是一隻臭屁的狼……」

回想起當時那段不愉快的對話，真教人無言以對。

「是啊，我有很多故事能說。每個人都以為只是童話，被時光埋沒，人世間任誰也不會當真的故事。」

哈斯金斯嘆口氣說。

「話說回來，會因為修道院有黃金羊傳說而前來找我的，前前後後也只有妳父母而已。老實說——」

他稍停片刻，聳聳肩又說：

「我很高興。我們都是選擇躲在時光洪流那層淤沙底下的人。那些仍試圖抵抗流勢的人，在我們眼裡是極為耀眼。」

哈斯金斯緬懷往日似的瞇起眼，輕笑起來。

那模樣讓我覺得就連那個鐵壺都不是他自己選用的東西。

「妳父母給了我喘息的空間，讓我還能撐上一百年吧。」

哈斯金斯注視繆里說：

「想為明天了解過去的小狼啊，妳想知道些什麼？」

繆里的耳朵尾巴當場跳出來，離開我背後。

「當然要先從你跟國王的故事開始聽！」

哈斯金斯的眉毛左右不對稱地歪斜，從一句「不知道想不想得起來」開始說起。

那是他與未來的開國國王為統一溫菲爾全島而戰時的事。內容和護身符攤老闆說的有點不太一樣，古代帝國和教會兵馬一起驅逐蠻族後，統一全島的速度並不快。古代帝國國力正在衰退，教會也不能將力量都放在遙遠的海島上。最後想在島上生根發展的帝國，與教會的騎士居然爭起霸權來了。哈斯金斯就是趁著這混亂局勢渡海來到此地，虎視眈眈地想坐收漁翁之利。

布琅德大修道院、勞茲本大教堂和各地留存至今的王國主要都市，前身也都是當年修築的要塞或各勢力的據點。

戰爭與和平，總是以一兩百年的週期不斷反覆。

溫菲爾王國開國始祖溫菲爾一世就是在那時候出現的。

當家戰死，子嗣年紀輕輕便繼承領土的事在戰亂時期是家常便飯。為建造羊群的隱世樂園而四處流浪的哈斯金斯，覺得這個年輕人有利用價值而接近他，這就是兩人邂逅的契機。

但哈斯金斯很快就發現這年輕人很有意思。他不像一般的野心家，個性樂天無比，面對情勢惡劣的戰鬥也會義無反顧地帶頭衝鋒，還會幫助陷入苦難的無辜民眾。

那純真的模樣讓哈斯金斯總是放不下他，不時使用黃金羊的力量或明或暗地出手相助。後來某一天，發生了一件決定性的事。國王野營時，部下逮到一頭誤闖的野羊，但國王沒有宰了牠作晚餐，居然寫了封信綁在羊毛上放牠回去。

信上寫的是對黃金羊的感激。

哈斯金斯就是在這一刻，認定這個年輕人能為這片土地帶來和平。於是哈斯金斯對他表露真身，從此正面協助這位年輕貴族逐步接近統一的夢想。

即使不像繆里這麼迷騎士故事，我也為這個故事傾倒。

途中護衛回來，要找擠乾羊毛用的木製夾具，故事因此中斷一會兒。到傍晚時，已經講到全島統一，曾經的年輕貴族加冕為王，而擁有黃金毛皮的羊因為自己屬於古代，告訴國王自己決定退出舞台。

「後來你們再也沒見過了嗎？」

「就只有一次，在那個小鬼到這裡來的時候碰巧遇見他而已。我們當然都裝作不認識，後來王宮在那年買了一大堆羊毛回去。」

男人內斂的友情，使繆里像喝了酒似的嘆氣。

「後來嘛，就只有他臨死前找我去。他以過去戰爭中向我借過錢為由，派使者過來接我。」

這是戰爭故事裡常有的情節。一個敗逃的士兵經過貧窮村落，得到一餐一宿的接濟後留下借據以表感激。幾年後他獲得奇蹟性的勝利而成為國王，便帶著大把黃金回到這村落。

「你們聊了什麼？」

想說的話應該是數不勝數。繆里的問題使哈斯金斯聳聳肩回答：

「我問他國徽上的羊為什麼毛這麼短。」

我跟著回想國徽，毛的確是能看見四條腿的長度，這麼說來哈斯金斯真身的毛還要長上許多。而且因為他的黃金羊毛，在傳說中描述成採不完的黃金，或許也有人覺得還要更長吧。話說回來，周圍重臣看到一個牧羊人對垂死的國王問這種問題，一定是全都嚇傻了吧。

「那國王怎麼說？」

哈斯金斯的眼垂向燒得吱吱響的木炭，嘔氣似的說：
「他說毛茸茸的不好看。」
這回答讓繆里噗嗤一聲，直捧著肚子笑個不停。
但她眼角泛起的淚水，我想不只是笑得太激烈而已。
那是他們永別之際的最後一次對話。
兩人在統一全島的戰事中相遇，互相幫助是必然的結果。
「所以現在的國徽就是這麼來的。圖徽上的圖案，就只是這種東西罷了。」
說得很不屑的樣子，或許是在遮羞吧。
可是哈斯金斯的故事讓繆里一下歡笑一下感動，尾巴毛都軟了。
「……還有這種故事，好不公平喔。」
哈斯金斯面無表情地答覆繆里發自內心的感想。
「俗話說，牧羊人常覺得別人家的草比較綠。」
「咦～？」
「就我聽來的那些，你們的冒險也不差啊。」
繆里往我看，表情不知道在不滿些什麼。
「我們是有冒險啦……可是大哥哥又不像國王那麼機智。」

雖然說得我很沒用的樣子，不過像臨死前的對話我就做不到了。那比較適合繆里的父母。

「說著說著，天就要黑了……怎麼，羊都還沒趕回去呀？」

哈斯金斯轉頭望著羊舍外說。

「妳不是狼嗎，幫我趕一趕吧？」

「好～」

繆里難得這麼乖地聽人使喚，起身跑出去。

覺得自己也該去時，哈斯金斯對我問：

「狼他們過得好嗎？」

知道哈斯金斯關心他們的近況，讓我有點開心。

「算了，這什麼傻問題。不好的話也不會有那個丫頭。」

「她跟羅倫斯先生，在一個叫紐希拉的溫泉鄉開了間溫泉旅館。」

「在紐希拉開溫泉旅館？」

他略顯訝異地抬起一眼，旋即轉為輕笑。

「那隻狼個性有點陰鬱，能找到熱鬧的地方住下來是再好不過了。」

「這也讓他們的女兒長得太頑皮了點……」

哈斯金斯笑了笑，往我的碗裡倒飲料。

「或許吧。」

隨後繆里趕回來的羊一整群湧進原本安靜的羊舍，頓時吵翻了天。

晚餐上，繆里繼續聽哈斯金斯介紹已不存在於王國的騎士團，怎麼聽也聽不膩。然而那與建國故事不同，以前的騎士團龍蛇混雜，甚至不少當過盜賊。

「每個人都為了追求新天地而湧上這座島。打著神的名號，就能將戰爭正當化，得到土地就保證會有正當的身分，正適合想要洗清過去的人。」

「我有看過國王其實是個大盜的戲，就是這種事嗎？」

「這種事遍地都是。戰爭往往是勝者為王，敗者為寇。」

「這我是懂啦……不過發現那麼多騎士團徽幾乎都是隨便弄出來的，讓我覺得好悶喔。」

也許是跟繆里和她母親赫蘿住久了，總覺得非人之人到處都是。但實際上並非如此，那麼多種圖徽的起源，與非人之人有關的根本沒幾個。

「這些超乎常理的野獸究竟是不是真的曾經存在……像這種疑問，正好有助於增添權威。」

我們聊起這件事時，護衛正在稍遠處與其他牧羊人一起吃肉湯。

大概是因為想在陌生場所確保安全，就得先跟當地人疏通感情。這表示他的確是個可靠的人，而且這樣也方便。

「所以說，愛用什麼圖就用什麼，別想太多。」

哈斯金斯的結論使繆里抬起眼問：

「反正毛都會被人改短？」

老羊輕抬下巴，咳嗽似的笑了兩三聲。

「沒錯。」

繆里轉過來，對我瞇眼一笑。

她對圖徽想得比我更深入，承受其難處。

由於覺得非常重要而懷抱的懸念，現在都已經沒了吧。

簡單得甚至讓我覺得沒有特地來找哈斯金斯聽老故事的必要，不過此行還是很有意義。

至少沒有把海蘭難得給我的假日全都耗費在關在房間裡翻譯聖經上。我稍微自嘲地想。

「對了。」

這時，哈斯金斯問：

「在你們之前來的那個小鬼，和你們是什麼關係？」

是指羅茲吧。這座修道院不是訪客頻繁的地方，猜測我們有關係也是難免。

「您是指聖庫爾澤騎士團的那個少年嗎？」

哈斯金斯喝口溫熱的葡萄酒，像是默認。看樣子，說不定他也有些羊同伴扮成修士住在布琅德大修道院裡呢。

「我們發現他倒在路上，照顧了一晚。天氣還有點冷，他卻沒穿多少衣服，底下還穿了件鎖子甲，最後在飢寒交迫之下暈倒了的樣子。」

「他還一頭摔在路上，弄得全身都是泥巴。」

繆里補充之後，哈斯金斯點點頭。

「我沒接到通知說有其他人與你們同行，然而那個虛弱小鬼一個人來敲門，身上卻有你們的味道，讓我覺得很奇怪。」

原來如此，我明白了。

「味道是只有繆里的吧。」

哈斯金斯稍微挑起一眉，贊同般聳聳肩。

「他好像愛上我了呢。」

聽繆里若無其事地這麼說，哈斯金斯不禁失笑，放下葡萄酒。

「有你們味道的人在你們之前過來，修士還說他是聖庫爾澤騎士團的使者，讓我一時之間很混亂。」

「混亂？」

我疑惑反問，而哈斯金斯的眼睛平靜地向我看來。

「在我的記憶裡，你是一個很真的很善良的孩子。如果用我這種方式過活，我怕你太過正直，會惹來很多麻煩。」

他突然提起往事，讓我有點害羞。

不過我也因此想起，在空閒時間請哈斯金斯教我在冬天的草原上怎麼行走，怎麼過活。

「所以我想，你們有一兩成的可能是受到國王的密令而來到這修道院的。」

「啊！」

我不禁叫出聲，薪柴彷彿被這一聲震得爆開。也許是音量太大，在遠處吃酒席的護衛往這瞥了幾眼。

但我不曉得該說些什麼。因為我在這時期、這情勢之下來到這種地方，卻完全沒想過有這種可能。

這裡是歷史比王國更古老，握有強大財力權力的布琅德大修道院。黎明樞機來這裡向老朋友求助，多得是讓他往壞方向想的因素。

「沒關係，不用解釋。」

證據都擺在眼前。

無論怎麼說，證據已給出兩種答案。
有罪或無罪。
而判決看來是無罪。
「人家有沒有事瞞著我，我好歹還看得出來，而我一眼就看出你沒有其他心思。」
我害羞地縮起脖子，一旁的繆里嘆口氣說：
「我把那個男孩給我的布塊縫在腰帶上的時候，他還覺得我很可愛呢。」
「咦？」
我傻呼呼地問，繆里回我一個不知該生氣還是該笑的表情。
「我從伊弗姊姊那學到一個詞——保險。」
她說到這我才想通。
修道院有足夠理由懷疑我們是王國透過海蘭派來調查他們。
哈斯金斯是我過去認識的羊之化身，有可能幫助我們，但修士們就不一定了。那麼該怎麼做，才能避免麻煩呢？
把整個教會組織的榮譽——聖庫爾澤騎士團的圖徽別在身上就行了。他們不會想到我們會把敵人中的敵人的圖徽別在身上吧。
「大哥哥一沒有我，就會變成從懸崖掉下去的笨羊。」

「每群都會有一兩隻呢。」

狼和牧羊人竟也會有看法一致的時候。

不想繼續當箭靶的我，只能別開眼睛裝蒜。

「你變得這麼出名，讓我一直很想看看你現在是什麼樣呢。」

哈斯金斯傾斜著裝了溫葡萄酒的鐵壺說。

「結果比我想像中有趣多了。」

感覺那像是在誇我，又好像在損我，總之沒造成不必要的誤會就好。之後繆里又動不動笑我少根筋，而我只能概括承受的樣子。

「能夠變得這麼出名，說不定就是因為這一點。」

就樂觀一點，當他是誇我吧。

這杯葡萄酒有點酸，但身子總歸是暖起來了。

牧羊人起得特別早。

尤其在修道院，一天總是隨晚禱開始。別說天還沒亮，根本就是在黑夜裡醒來。我們借宿在哈斯金斯他們的屋簷下，總不能在他們忙著工作時只顧自己睡覺。

所以我叮囑繆里到時候不准賴床，但結果沒必要操這個心。繆里對於紐希拉體驗不到的牧羊生活很感興趣，早就跟著哈斯金斯幾個跑到黑漆漆的草原去了。

我想我也該跟去，可是哈斯金斯卻要我別勉強。從他沒阻止護衛跟隨繆里來看，顯然是覺得我會礙事。

在靜悄悄的羊舍裡，聽著火堆聲、遠處修士們的禱告，和一小部分留在羊舍裡的羊的聲響，我根本抵抗不了睡意的侵襲，很快就意識模糊。下次睜眼時，已是太陽完全升上天空，身上濺了點泥水的繆里跟羊群一起回來的時候。

「每天這樣會很累，偶爾一次還滿好玩的。」

為她如此坦率的感想苦笑後，我替她擦臉梳頭，一起吃早餐。

再來剪剪羊毛，見習羊毛的後製工序，也加入其中。

剛剪的羊毛要拿到附近小溪洗，一下水就重得像是水裡有人在拉一樣，費盡力氣拖上岸之後還要擠乾。

手臂力氣不夠的繆里腳泡在摻雜雪水而依然冰冷的小溪裡，一面注意不讓羊毛流走，一面發著抖踩踏，或者用大型木製夾具擠水。

在這之後的午餐，說不定比赫蘿和羅倫斯救起我時吃的麵包還香。

度過了牧場風情的時光，又隔了段短暫午睡後——

「想去書庫看看?」

為下午剪羊毛而磨剪刀時,繆里提出這個要求。

「我跟哈斯金斯爺爺說想去修道院看以前留下來的故事,他就去幫我跟人家通融了,不過要先捐一點錢。」

然後她伸出右手。

「……事前都沒問過我,故意的吧?」

「因為我有看到海蘭進圖徽庫之前拿錢給人家。」

繆里大言不慚地笑著說。

故事都聽哈斯金斯說過了,沒必要花錢到書庫看書這種話,她應該有想到吧。

旅費是由海蘭全額支付,不該任意浪費。

她是認為哈斯金斯都替她說情了,腦袋頑固的哥哥就無法拒絕了吧。就只有這方面成長得特別快。

既然是布琅德大修道院的書庫,不可能用幾枚銅幣就打發得了。況且我也知道維護書冊的費用和辛苦,曉得他們收這個錢不是因為貪心。於是我從錢包裡面翻出品質較差但價值不低的路德銀幣。

「會從回程的餐費上扣掉喔。」

並將它和嘮叨一起放在繆里手上。

「咿～！」

繆里咧開嘴巴作鬼臉，又跑去找哈斯金斯了。

她直到傍晚才回來，渾身沾滿墨水、皮革和塵埃的氣味，甚至要把晚餐香氣比下去。然而她變得很安靜，無精打采。

說不定她讀了什麼悲劇，我便趁她鑽進我被窩時問起，而她幾經猶豫之後開口說：

「那裡每天都要重新捐錢……」

看著懷中繆里吊高的眼，我不禁嘆息。

「妳也是很容易中陷阱呢。」

繆里嘟著嘴把臉埋進我胸口不想回答。隔天她又帶著銀幣，早課一結束就奔向書庫。

儘管如此，我還是感謝著這段和平的時間，和昨天一樣幫牧羊人幹活。如果能天天過這樣的生活，將夜晚時分投注在省思上其實也不錯。像繆里說的那樣蓋修道院太辛苦，等王國與教會的衝突平靜以後，辦個修道會過這樣的生活不知如何。

大概是我這些傻想法都被神看在眼裡吧。

隔天做完上午工作返回羊舍時，我發現先趕回去準備剃毛的羊不太安分，接著還不用想就知道發生了什麼事。

一隻大鷲，停在屋頂的天窗邊上。

我不會看錯，那是夏瓏。

第三幕

哈斯金斯當然一眼就看出那隻鷲不尋常，也從我的反應發現我們認識。

然而這裡有他人耳目在，不能隨便和她說話。哈斯金斯若無其事地對她吹吹手哨並舉起一隻手，夏瓏顯得不太情願，但還是跳下來停在他手上。

「說不定是從哪個貴族家裡跑出來的呢。」

哈斯金斯故意這麼說，要我幫忙。

我清空一個藤編大簍，小心翼翼地倒扣在夏瓏身上。完全裝進去之前，夏瓏都是瞪著我看，感覺是故意的。

接下來，我和哈斯金斯以及夏瓏三人離開羊舍後，哈斯金斯問道：

「在勞茲本鬧事的徵稅員就是妳嗎？」

那短促尖銳的叫聲，是表示抗議吧。哈斯金斯輕聲嘆息，掀開簍蓋，開門進入附近倉庫般的大屋子裡。

這裡像是用來存放紡好的線，充滿濃濃的羊毛味。

『沒想到傳說中的黃金羊還真的在傳說中的地方。』

哈斯金斯以輕嘆答覆夏瓏。

「妳不是來報告好消息的吧？」

夏瓏目前是都在勘查要用來改建成修道院的樓房才對。

『很遺憾，修道院預定地荒廢得比想像中還嚴重，待不了多久，所以我很早就回勞茲本了。結果一回來就遇到麻煩，而你們還傻傻跑出來玩。海蘭已經派快馬來報訊了，可是等人到也得浪費兩三天時間。你們就趕快收拾行李回去吧，路上應該會遇到才對。』

海蘭不知道非人之人的事，所以夏瓏是自己飛來報訊的。

『要是讓克拉克發現我不在也很困擾，要盡早回去。有問題就快點問。』

夏瓏也沒讓克拉克知道她的真面目。不是因為不信任他，而是他太為夏瓏著想，說出來恐怕會給他太多負擔。

「麻煩是指什麼？」

『聖庫爾澤騎士團到勞茲本來了。』

我驚訝得睜大眼睛，但旋即理解可能的原因。

「……大概是大教堂重新開門，讓他們先去那求助了吧。」

「世事就像羊群一樣。來了一頭，其他就會陸續出現。」

我和哈斯金斯的對話，讓夏瓏沒表情的鳥臉擺出「你們在說什麼？」的不耐煩樣子。

「我們來這裡的路上，遇到了一個聖庫爾澤騎士團的見習騎士。他只有十幾歲，裝備差到昏

倒在路上，懷裡揣著一封求救信。」

夏瓏是港都商人聞之色變的徵稅員公會副會長，應該曾聽說聖庫爾澤騎士團遭遇財務危機，也從羅茲的出現看出怎麼回事了吧。

她張開翅膀，覺得白擔心了似的抖抖身子。

『不是來開戰的嗎？』

「我覺得可能非常低……當然，我也不認為那是單純的和平致敬。」

『哼。我們跟黎明樞機有關，要是他們手上有異端名簿，肯定是排在最前面。可有這方面的消息嗎？』

看來這才是夏瓏親自飛這一趟的原因。她是鷲的化身，克拉克只是普通人，她會認為自己非得保護克拉克不可。

「我不敢保證說沒這種危險……」

我看看哈斯金斯，黃金羊幫我接下去。

「但不太可能。要是他們有餘力狩獵異端，就不會派一個小鬼送求救信，還在泥巴路上走得要死不活了。」

不知夏瓏是否接受我們的看法，總之她沒有再問下去。

『無論如何，狀況都算不上安全。我要回去了。』

「好、好的，辛苦了。」

她在倉庫裡拍動翅膀，搧得羊毛屑滿天飛。

在我們邊咳邊用手揮開時，她從應是為換氣而開的窗戶飛了出去。

「你要回去嗎？」

哈斯金斯簡短地問我。

「不回去不行啊。海蘭殿下一個人在那裡，恐怕應付不來。」

這回答讓哈斯金斯眉頭一鬆，笑道：

「你的腳步或許還不太穩，但方向是對的。」

「這……」

「腳下有人幫你顧著，你只管拿出信心大步向前就好。至少在我的故事裡，事情都是這樣好轉的。」

樂觀無比的年輕貴族，與已有吃苦頭的準備，將古代的呼吸傳至今日的年老巨羊，以這樣的方式飛馳了一個時代。

我原想說自己沒那麼厲害，但話到臨頭又吞了回去。

繆里就是希望為圖徽賦予一個厲害的故事。

我不該去否定這件事。

「我會考慮的。」

哈斯金斯聳肩拍拍我的背，離開倉庫。

「呃……回去之前需要跟護衛說一聲，可是……」

突然就說要回城，就算不會拒絕也會覺得莫名其妙吧。

「既然那隻鷲的事要保密，就說你看到聖母像流淚，有不祥預感要回去看看吧。」

這裡是布琅德大修道院，發生預告危難的奇蹟是說得過去。

「那我去叫繆里。」

前腳一抬，哈斯金斯又說：

「不，書庫我去就行了。」

「咦？您放心，雖然只有十年前來過一次，我還記得書庫怎麼走。」

那時還有幾個商人，記得是拿聖遺物的清單給我們看。

那是我第一次有幫上羅倫斯和赫蘿的感覺，特別勤快，不可能忘記。

哈斯金斯還想說些什麼，最後闔起了嘴。

於是我追循記憶小跑步前進，穿過用來威嚇偷書賊的惡魔像底下，找到書庫的管理官。

有著長鼻子的消瘦管理官，不耐煩地指指使用者名簿。

告訴他只是有急事要找人後，他聳聳肩說：

「那麼書留在台子上，把書的鑰匙拿給我就好。要是收得太匆忙，有傷到書的危險。」

把書上鎖的事現在很少見了，可是在古老的書庫，有不少會將書和閱覽台鏈在一起。

「我明白了。」

聽我這麼說，管理官似乎覺得我不是沒碰過幾本書的無知之徒，誇張地點點頭後開了門。

撲鼻而來的灰塵、皮革與墨水氣味，讓我心裡滿是懷念地在幽幽深林般的書庫裡前進。

不久見到繆里巴在閱覽台上的背影，台上有本翻開的大書。

「繆里。」

即使沒有其他人在，我還是習慣性地壓低聲音叫她。

她似乎看得很專心，嚇到人都跳了起來。

「啊，咦？咦，大哥哥？」

「繆里，夏瓏剛剛來過，說勞茲本那邊——」

「啊？臭雞？」

繆里立刻擺起臭臉，但在注意到我的視線後慌張起來。

「啊，沒有啦，大哥哥！」

即使她啪一聲闔上那本大書，我的手已伸往擺在一旁的書了。隨手一翻，內容便呼之欲出。

「……妳喔，這不是……」

繆里咬起下唇別開眼睛，用全身拒絕回答。

可是事實不容狡辯，第三、第四本也都是同樣內容。

裡面有熊的插圖，其中一張還明確地畫出向月伸手的巨熊。

「……」

繆里堅持不說話。在紐希拉也有過一次，難搞得很。

因為她不是打算抗戰到底，說我硬要當那是壞事，就是明知做了壞事但死不道歉。

偷偷看獵月熊的書，表示兩者皆是吧。

「……總之先出去吧。夏瓏小姐是來通知城裡的事。」

我牽起繆里的手，她沒有任何反應，但也沒有甩開。

獵月熊話題在我們之間向來棘手。說不定她也像我一樣，不曉得該怎麼去面對。

我相信我一拉她就會跟著走，用另一隻手撿拾桌上的鑰匙。

「全部有幾本？」

「……五本。」

數字沒錯。我點點頭離開書庫，將東西交給管理官後到外面去。

「啊，對了。」

走下書庫前的石階時，我想起一件事。

「平常貪睡的妳半夜爬起來出去放羊，是因為有事想問哈斯金斯吧？」

所以哈斯金斯才沒阻止護衛跟隨繆里，卻阻止了我。後來他也知道繆里是去書庫找獵月熊的書，也知道我不喜歡這件事，才會想代替我來找繆里。

這事實自然能導出一個可能。

「那麼妳來這裡該不會是——」

「並不是。」

繆里停下來說：

「……我是真的想知道圖徽的事。」

我不覺得她會故意說這種謊，也不願相信她在說謊。

她是那麼地期待自己的圖徽，也想把自己重視的一切都放進去，所以才來到這裡了解圖徽的故事。

如果那純粹是藉口，未免太可悲了。

「繆里。」

我呼喚她，搖擺無力牽著的手。

「離開這裡以後，路上護衛都會在，到了城裡說不定又會被捲進亂七八糟的漩渦裡，所以就先告訴妳了。」

她像個迷路的女孩般茫然停佇，然後慢慢轉頭窺視我。

「臭雞說什麼？」

「聖庫爾澤騎士團到勞茲本去了。」

繆里睜大眼睛。

「可是他們並不是要攻進城裡那種感覺。打包行李之前，還有點時間吧。」

她別開眼睛不是不想看我，說不定是想找應該就在附近的羅茲。

不久，她轉向我問：

「大哥哥，你不生氣啊？」

她的語氣不是怕我生氣，而是覺得我生氣了會很麻煩。這樣比較像她，我反而安心。

「那要看情況。」

繆里擺出很厭惡的臉，嘆了口氣。

規定保持緘默的修道院特別安靜，只能聽見羊叫聲，和修士在院內田地工作時的腳步聲。

我們在夏瓏離去時的那個倉庫後邊找木箱並排坐下後，繆里說：

「我是真的想聽哈斯金斯爺爺說王國和騎士團的故事啦。」

她說得不太高興，但語氣有點弱。

是不希望我懷疑她這點吧。

我點點頭，繆里嘆口氣又說：

「可是，想知道熊的事也是真的。」

終結了精靈時代的獵月熊。

發生在幾百年前，獵月熊大戰其他精靈的傳說，在人間也以童話的方式留存了下來。例如熊爪抓出山谷，拔山留下的凹洞成了湖泊，丟進海裡就變成小島等。

雖然每一個都看似荒誕無稽，將這些古代故事大量蒐集起來看，又會呈現不同的面貌。獵月熊會不會到處移動，與森林或山嶽的王者戰鬥呢？是不是最後來到了西方大海而消失無蹤？

是不是因為獵月熊殺害了太多精靈，導致他們時代的終結呢？

與繆里的父母羅倫斯和赫蘿旅行途中所蒐集的故事，能導出的結論。

獵月熊八成是實際存在過，大舉屠殺的事也是事實。

但是，赫蘿和羅倫斯蒐集的故事中，還有一個很大的疑點。

那就是獵月熊最後去了哪裡？

我們在北方群島認識的鯨魚化身歐塔姆，曾說過一個與答案相關的事——有東西在海底留下了巨大的足跡。

而且那個足跡，與人世間某個傳聞相符。

人類以技術力闢開森林，乘船拓展世界地圖。陽光射入神祕的黑暗，使精靈時代的倖存者逐漸失去棲身之所。然而在那時代削弱神祕力量的新知識，卻照亮了古老傳說的新一面。

據說西方大海另一邊，有一塊新大陸。

巧的是，獵月熊也是在西方大海失去蹤影。

對繆里而言，獵月熊等於是殺害母親賢狼赫蘿故鄉老友的仇人，也預告著一場波瀾萬丈的冒險存在過。

如果只是用一隻手抓著，或許還能說放就放。

可是繆里是用兩隻手緊緊抓住，沒那麼容易放下。

「妳是認為，哈斯金斯先生會知道獵月熊到處肆虐那當時的事吧？」

一說出來就這麼容易聯想，我怎麼都沒想到呢。話說回來，我是個連自己來到布琅德大修道院會代表什麼意義都沒想過的傻子。尤其是事情尺度大至如此時，我更是看不清自己身邊有些什麼。

「因為那個時代娘在比較遠的地方傻傻顧麥子，鯨魚爺爺在海底到處漂，伊蕾妮雅姊姊又只比我大一點點嘛。」

伊蕾妮雅的外表的確是比繆里年長的大姊姊，但實際年齡不知比我高上多少……這種話還是別說了。

「知道那時代發生什麼事的人，比掉在路邊的金塊還稀有吧？而且伊蕾妮雅姊姊還說她跟哈斯金斯爺爺不合。」

哈斯金斯說自己是決心潛藏在時代洪流底沙下的人，而伊蕾妮雅則篤定心意要建設非人之人的國家，是個注視大海遙遠彼端的新時代先驅。

儘管目的類似，手段與想法卻可說是完全相反。

那兩人正好代表舊時代與新時代。

「如果說我要去問熊的事，你一定不准的嘛。」

「這個……是啦……」

「後來講到圖徽的事，又在圖徽庫看了那些書，讓我有好多關於羊圖徽之類的事情想問。然後覺得這邊的話，就有可能說服你了。」

如同我打從繆里出生開始就在照顧她，繆里也是打從出生開始就看著我長大。到了最近，繆里還略勝一籌。

「而且我想知道的事，八成跟你想的不一樣。」

「咦？」

繆里將獵月熊視為仇人。那時她黑暗的眼神讓我很心痛，所以我希望她不要碰這件事。

然而眼前的繆里心中並沒有燃起復仇之火，只是沉浸於回憶般望向遠方。
「從書上看了那麼多圖徽以後，我覺得有一件事很奇怪。看愈多本關於圖徽起源的書，我就覺得愈奇怪。」
繆里抬起頭，往路另一邊招手。
原來是哈斯金斯在那。
「圖徽有故事，有源由。像專打海戰的騎士團，圖案是用咬著船帆的烏龜圖案那樣。」
是叫尤蘭騎士團吧。
可是，我不懂這跟獵月熊有什麼關係。
這時，哈斯金斯到這來了。
「被罵啦？」
哈斯金斯表情很正經，看不出是不是開玩笑。
繆里冤枉地聳聳肩。
「她怕被你罵，叫我不要說。」
怪哈斯金斯也沒用。
不過我有話問他。
「繆里跟您說了些什麼？」

獵月熊的故事。

繆里調查獵月熊時，在圖徽的故事中發現一個疑點。

「真的很驚人，我都傻了。」

甚至已經不會對這世上任何一切感到吃驚的哈斯金斯都這麼說。

「這些圖徽都不曉得有幾百年了……就像在時光中風化，已經無角可削的河畔圓石一樣。我根本不認為，那裡還會有我從來沒想過的一面。」

哈斯金斯的閱歷，足以給他鄉野智者之稱。

而這樣的牧羊人，卻仰望太陽這麼說：

「結果真的有。就像從出生起就在我頭頂上的太陽，還有值得我問的問題一樣。」

看來哈斯金斯協助繆里，不單只是看她年紀小，而是認為有調查的價值，應該這麼做。

「大哥哥，狼的圖徽也是這樣。」

繆里說道：

「明明熊比他們每個都還強，可是現在幾乎沒人用熊的圖徽。」

「……」

護身符攤的老闆曾說，圖徽也會看流行。

就這方面來說，古代帝國的旗徽經常使用狼的圖案，後來隨時間而荒廢。

可是狼充滿神祕感的氣質，以及在森林裡到處狩獵的形象，使牠們至今仍然很受傭兵歡迎。
同樣地，有人以鹿象徵山嶽，以龜象徵大海，怎麼沒有人用熊象徵力量呢？確實很奇怪。
那可是所有古代精靈都不敵的暴力之王。
應該是足以讓熊的圖徽遍布世間才對啊。
「開始覺得奇怪以後，我在以前聽來的故事裡發現了更多疑問。」
「我也被問到說不出話了呢。」
哈斯金斯清澈的眼往我看來。
「因為她問我，獵月熊的傳說為什麼總是發生在夜晚？」
我也愣住了。當然，我了解這是在問什麼。說到獵月熊，或許是因為月字的關係，印象與夜晚緊密相連。
這又有什麼問題呢？不就是描述恐怖事物慣用的伎倆嗎？
可是對繆里而言，事情沒那麼單純。
「大哥哥，獵月熊可是大到可以把山當椅子坐喔。夜裡就算了，白天要躲在哪裡呀？」
「……」
「他到處肆虐，應該有很多仇家，不可能隨便躺下就睡吧？就算他不怕，至少也會有很多比山還大的熊拿山當枕頭的故事吧？人家可是伸手就好像能抓到月亮的巨熊耶。」

我沒有回答。差點脫口而出的，是何必跟童話那麼認真。說不出這句話的原因，連我都覺得好笑。

因為我的眼前，就是傳說中協助溫菲爾國王建國的黃金羊。

傳說人物哈斯金斯輕聲說道：

「『獵月』這稱呼會太誇張嗎？」

哈斯金斯對自己的話搖搖頭。

「我和同伴一起逃亡時，覺得不管怎麼跑，他的黑影都在我們背後。在月光照耀下，他就像月亮一樣一直在那裡。他就是這麼巨大。」

大到會讓人喪失距離感嗎？而且說出這句話的時間，同樣是夜晚。

「要問那隻熊白天在哪裡睡覺嘛……」

哈斯金斯半笑著說：

「我想都沒想過。他不會讓人有那種想法。」

有時離得太近，反倒會讓人看不見。

「可是說起來，的確會是那樣沒錯，會有很多很多人看見才對。和我們這類殘存於世界各地，長久居住於那片土地的人一樣。」

繆里的母親賢狼赫蘿，也在由北到南旅行的途中留下了一些目擊傳聞的樣子。

那麼獵月熊有更多傳說是理所當然，有哪個君王驚嘆於他的勇猛，為其神一般的威能著迷也不足為奇。

「雖然可惜現在狼的圖徽很少，還是有以前很多的紀錄，現在也有人在用，可是熊就幾乎沒有了。既然獵月熊是事實，那不是很奇怪嗎？」

繆里的話充滿了順當的疑問，這的確很不合理。

熊向來是力量的代名詞，經常出現在自古流傳的慣用句裡，像「壯得像熊一樣」就是一例。光是這一點，就足以讓人拿來做圖徽了。

現在就連在森林裡遇到普通的熊，都可能比狼群難纏。

「所以我開始調查，發現用熊作圖徽的家族都在很早以前滅亡了，簡直像中了詛咒一樣。」

「咦？」

哈斯金斯略顯愉快地說：

「這年紀的小孩，很容易有些驚人的發想啊。」

繆里睜大她紅紅的眼睛注視著我。

那是具有理智，且充滿豐沛想像力的年輕眼眸。

「獵月熊應該也會變成人吧？」

即使答案就在眼前，但不一定想取就能取來。

「這就是熊白天在做什麼的答案，就真的只是在睡覺吧。這麼說來，在西方大海消失的事就變得怪怪的了。」

這個勇於探索的年輕女孩，在想像世界也毫不遲疑地邁步。

「說不定是潛藏起來了。」

在終結一個時代的戰亂後，贏家也不知為何消失在時間之流中。

對於這個問題，「自己躲起來了」即是最簡單的答案。

但是這麼一來，繆里的想法會替剛剛那個有趣的疑問帶出一個令人不寒而慄的答案。

「所以……用熊圖徽的家族這麼少是因為……」

「沒錯。」

繆里唇角一吊。

「我在想是不是獵月熊為了掩飾自己的存在，把他們趕盡殺絕了。」

「呃，這個……」

儘管覺得繆里的說法可以解釋獵月熊的疑點，但難免覺得穿鑿附會。最不懂的是他為何需要那麼做。都刻意只挑夜晚出現，終結一個時代，著實在世上留下深深爪痕後卻沒有征服世界，假裝消失在西方大海以消聲匿跡。還為了不讓這段記憶留存於人世，到處殺戮崇拜他的人……

結果繆里的聰明才智，終究不是我能及。

她當然也考量到了這一點。

不如說從她神采奕奕的樣子看來，這裡才是至關重要的部分。

「羊和狼所見的世界，實在很不一樣。喔不，以她來說，『知道的故事數量不一樣』比較正確吧。」

在哈斯金斯低語後，紐希拉最愛聽故事的繆里說道：

「我說大哥哥，獵月熊終結一個時代以後，下一個霸主是誰呀？」

我有種地面坍塌，掉進無底深淵的感覺。

不會吧，怎麼可能？

繆里又說：

「大哥哥，你有見過神嗎？」

明明還睜著眼，卻被推進了惡夢裡。

這給我的衝擊就是如此巨大，連繆里的聲音都似乎好遠好遠。

她這麼說當然沒有真憑實據，我也可以當那是小孩的幻想，連一笑置之的價值都沒有。

但是哈斯金斯卻這麼說：

「聖經是由許多人合著的神的語錄，而且從來沒有一個人說他見過神。而且神的語錄裡，也有些奇怪的地方。你這黎明樞機做的是將聖經翻譯為俗文的工作吧，那有沒有想過既然萬物都是神所創造，為什麼教會要將非人之人視為敵人呢？」

而且過去還有個與非人之人為敵的熊。基於某個理由，他到處獵殺森林的精靈。

個性應該南轅北轍的繆里和哈斯金斯，卻站在同一陣線。

我又怎麼抵擋得了？

「還有喔，大哥哥。我開始往這裡想以後，向哈斯金斯爺爺問了一個問題。」

繆里清咳一聲說：

「我問他有沒有看過熊的化身。」

答案都寫在哈斯金斯臉上。那表情，就像是在草原上發現遺失百年的倉庫鑰匙。

「沒有，我從沒見過。」

狼的化身不只是赫蘿一個，羊的化身也不是只有哈斯金斯。

鹿、兔和其他化身也一定都是如此。

那麼，熊也應該是這樣才對。

「十幾年前，有幾個怪人帶來了一些有趣的事，這次更有趣呢。」

是荒誕無稽，還是壯闊無邊呢？這畢竟是規模大到誰也沒想過的問題，甚至沒人嘗試過這種思路。

然而天旋地轉般的暈眩中，一個北極星般的點吸引了我的目光。

「那麼……新大陸是騙人的？」
海底那個疑似獵月熊留下的足跡，會是用來讓人以為他消失在西方大海另一邊嗎？新大陸與獵月熊的關聯，會只是湊巧嗎？
對於這問題，繆里指著哈斯金斯說：
「你想想伊蕾妮雅姊姊為什麼會跟哈斯金斯爺爺吵架。」
「……那隻小羊的口氣比妳母親還大呢。」
蓬鬆黑髮令人印象深刻的伊蕾妮雅，居然和繆里都會怕的哈斯金斯爭論，甚至分道揚鑣，脾氣一定不小，搞不好比繆里更難搞。
「我是這麼想的。首先，獵月熊想建立自己族群的國家。」
由於他引起了一場大戰，我很輕易就接納了這個假設。而且眼前的哈斯金斯也是往這個方向前進，只是方法不同。
「可是大戰過後，他可能是因為建立只有熊的王國太困難，或者是發現從背地裡操縱人類世界比較快，於是他建立了教會。然而這畢竟只是權宜之計，其實他還是想要一個只有熊居住的新天地。」
「就連北方大地，從當時就已經有人在闢開森林的黑暗。人類這種生物用他們的數量，尤其是技術這種獨特的力量，逐漸帶來我們這世界所沒有的影響力。」

「……所以他要找一個沒人的地方？」

狼與羊沒回答這個問題，只是看著我這個人類。

是要我認真思考這荒唐假設的可能？

況且，倘若實情真是如此，那麼我們所崇拜的神別說是捏造的了，居然還是一隻熊。

我求救似的緊握垂在胸前的徽記。

「你覺得，我說的是對的嗎？」

繆里問道。

現在的她不是我疼愛的妹妹，而是要否定我信仰的人。

「要全部都對，是不太可能喔。」

那不像是知道我多認真而姑且收手。

繆里很聰明，可以輕易駁倒我。認真思考起來，會展現出媲美賢狼赫蘿的冷靜。

「尤其是獵月熊創立了教會這裡。如果真的是這樣，事情就非常好玩了。大哥哥，你也會傻掉吧？」

看著她賊笑的樣子，我都不曉得該不該生氣了。

「不過，要是熊本人就是神，照理說來教會就會像這座修道院一樣，有一大堆熊人聚集在那吧？可是像哈斯金斯爺爺這樣活了這麼久的羊咩咩也沒見過熊人，所以這樣好像不太對耶。」

教會組織是以教宗為頂點，底下有幾個稱為樞機的人在掌政。世界地圖在他們的分配下分割成一塊塊土地，每塊都有大主教或主教等跟隨這階級制度的人在管理。

無論哪一階層的人，都有很多與人接觸的機會，縱使異端審訊官也是如此。

非人之人若在街上相遇，應該都會察覺到對方的身分。

不太可能都沒注意到。

「要說的話，有可能是獵月熊下海以後很快就發現新大陸，所以把這裡忙著弄教會的熊都一起帶過去了。這樣可以解釋哈斯金斯爺爺為什麼都沒見過熊人，當然……」

背著手的繆里不安好心地歪頭對我笑。

「也能解釋你為什麼沒見過神。」

看我挑起眉毛，繆里很故意地抱著頭退後。

可是我根本就說不出罵人的話。

對這種荒唐的說法認真，就像認真回答夢話一樣。

「我不打算叫你相信我喔。」

繆里輕鬆地笑。

「可是以一個故事來說，還滿有意思的吧？」

要是耳朵尾巴冒出來了，或許都是又搖又晃的吧。

那純真的模樣，足以散盡我胸中的悶氣。

「很久很久以前的故事裡有本來是事實的事，但是內容很奇怪，到最近開始有新的說法出來。而且試著拼湊以後，還真的好像接得起來。這種事丟著不管不是很可惜嗎？」

「妳……」

我才剛開口就說不下去了。

對繆里而言，什麼都可以是玩具。

而她讓我忽然想起一件事。

剛出紐希拉那陣子，她在商行牆上的世界地圖前喃喃地問，有沒有哪裡是可以不必遮掩耳朵尾巴的土地。

世界這麼大，卻對繆里這名少女如此地冷漠。

繆里不適合悲傷或沮喪的表情。

把整個世界當玩具，為胡扯到不行的故事興奮得又叫又跳，就像是她報復這個世界方法，令人解氣。

「關於獵月熊，我希望妳跟我約好兩件事。」

「？」

繆里眨眨眼睛看著我。

「不要替狼報那麼久以前的仇。」

這句話讓哈斯金斯也往繆里看。比起我，繆里還比較聽哈斯金斯的話，說不定已經聽過他一些關於復仇的看法。

赫蘿那時，同樣也是老羊勸誡年輕的狼。

「第二個呢？」

只是繆里並沒有傻到會隨便答應。

我沒辦法，只好先說第二件。

「認同神的存在。」

大概存在吧。我在自己嘴裡這麼補充。

繆里睜圓眼睛，差點笑出來，但好像知道現在不能笑。

於是她咳個兩聲後聳肩說：

「沒有神比較好啦，這樣你就會只看我一個了。」

我是很想問她究竟哪來這自信，但繆里也能拿它來反問我。

況且，這玩笑話也適合結束這話題。

「還有就是，想找獵月熊傳說時請不要用騙的。」

「剛才明明說兩個！」

繆里嘴巴一歪，搔搔頭往哈斯金斯看。

哈斯金斯仍舊面無表情，只是聳肩望天。

「好啦～！」

然後繆里很敷衍地握住我伸出的手。

完全是個惡作劇被拆穿而鬧脾氣的野丫頭。

「圖徽的圖案——」

「？」

繆里往我看來。

「就放一個看向旁邊的狼怎麼樣？」

「啊？」

繆里氣得一巴掌往我手上甩下來。

我不閃不躲，且覺得這主意還不錯。

四條腿併攏坐好，往一旁遠眺的狼。

看起來像是在找樂子，又像是盯著下一步看。

視線另一端，是一大片誰也不曾想像的世界，恨不得立刻飛奔過去。

我想不到其他更適合繆里的圖了。

「大哥哥大笨蛋！」

繆里，一個似乎比我成熟，但不時語出驚人的少女。

她的怒罵響徹了靜謐的修道院。

我們收拾行李，和護衛一起匆匆離開布琅德大修道院。過程中，繆里始終掛念她沒讀完的書和羅茲，哈斯金斯答應會替她注意。說不定哈斯金斯很中意這個小丫頭。

夏瓏料得沒錯，我們第二天中午時分在路上遇到了海蘭的使者。他看我們的貨車太慢，催我們上馬趕回去。原以為繆里會因為上次屁股太痛而拒絕，但我們前兩天住的是剃羊毛的地方。她事先討了一個裝滿羊毛的墊子，說這次應該會好很多。

不知是羊毛墊有效還是屁股已經習慣，繆里換乘快馬後一句怨言也沒有，我們在第三天夜裡抵達勞茲本城牆。衛兵沒有要求我們等到天亮，看過海蘭的通行證就放我們進城。

「他們是與王國敵對的教會手下最精銳的騎士團，小心一點。」

繆里在軟綿綿的羊毛墊上扭動著點點頭。

使者說城裡氣氛還好，至少在他出城時還不至於是一觸即發，但狀況如何會演變還很難說。

穿過稍顯淒涼的舊城區，再跨過一條河就是新城區。

在如此日落已久的黑夜，布琅德大修道院的修士早已全部就寢。然而換作勞茲本，看起來卻是特別有活力。

路上到處架起篝火，人們走上街道，揮動著像是劍的東西。

感覺實在不像教會派出的騎士團進城而導致的戒嚴狀態。

「哇，大哥哥，你看那個！用木頭和布做的盔甲？」

坐著柔軟羊毛墊隨馬背搖晃的繆里，指著路口一角說。一群男子用雜物拼湊成甲冑，慢慢地用帶穗的木劍打來打去，對喊幾句話又繼續打。

「那都是塔爾登之戰的對白，很有名喔。」

原來是知名的戰役戲劇。

他們這麼晚了還在路口演戲也不怕遭衛兵取締，且到處都有樂器聲響，觀眾在一旁起鬨，共通點是每個都以騎士為主題。

我不明就裡地來到貴族宅邸林立的高雅地區，這裡就是一片寧靜。不過還是會跟幾個穿著體面，想趕著參與這場夜間盛會的人錯身而過。

或許是走過了滿布嘈雜篝火的街，幾天不見的海蘭宅邸感覺特別靜，結果那不是錯覺。

傭人剛帶我們進去，帶頭的使者和護衛一起驚呼一聲，跑到外面去了。

我和繆里面面相覷地開門時，見到了一個意外的人物。
「喔？這傻瓜動作挺快的嘛。」
「伊弗小姐？」
海蘭的宅邸裡主人不在，卻多了美女相伴的大商人。

上次那個總是微笑的美麗女孩仍在伊弗身旁。這位出生於沙漠地帶，每當伊弗外出就會替她撐把豪華大傘的女孩替我們沖一壺南方流行的茶品後，拿出一串綠色鮮葡萄給繆里。現在根本不是葡萄產季，讓繆里為這串不曉得從哪弄來的鮮葡萄樂得哇哇叫，連皮吃得好高興。
「我是留在這裡看門的。」
伊弗這麼說，並拿起繆里在來路上墊屁股的羊毛墊捏一捏，檢查裡頭羊毛的狀況，像是在考慮進貨。
「海蘭殿下在大教堂？」
屋裡這麼靜，是因為傭人都跟過去了吧。
但這麼一來，使者和護衛怎麼會那麼慌忙地跑出去呢？
「她到大教堂和騎士團對話，等於是送上門當人質呢。」

我嚇得差點從椅子上跳起來，可是別說伊弗，就連繆里都還在不停將葡萄往嘴裡塞。

「現在還沒什麼好緊張的吧？」

「呃，可是……」

繆里大口嚥下葡萄後聳聳肩說：

「你看街上那麼熱鬧。騎士團的人應該沒有都關在大教堂裡，沒事就會出來走一走。」

「……」

她說得好像看過很多次一樣，無話可說的我只好往伊弗看。

「說得像看過很多次一樣。」

伊弗也這麼說，將捏夠了的羊毛墊交給舉傘少女。

「事實也正是如此。騎士團在進城之前，照規矩派正式使者到大教堂，等到市議會同意以後，船影才出現在港口海面上。部隊行進時也非常莊重，讓城裡人一下子愛死了這個名副其實的聖庫爾澤騎士團。」

「真的……是這樣嗎？」

「他們會在大教堂之前跟自願的衛兵一起練武，城裡的小姑娘還爭相把花環戴在他們頭上。只要在聖庫爾澤騎士團待過的騎士，就像踏進了傳說級英雄的領域裡一樣。而且裡頭還有勞茲本自己城裡貴族出身的騎士在，根本是全城同慶。他們家就在這條路上，今晚也有一大堆客人上門祝賀，場面一定很盛大。」

這些話陣陣刺痛我的心。

羅茲是出身於布琅德大修道院那一帶。

而他卻因為父母要減少分財產的人數，從小就被趕出家門。

「不過事實上就跟你那張不舒服的表情一樣，騎士本人心裡多半也是五味雜陳。路上遇到的見習騎士跟你說了不少吧？」

她居然已經知道羅茲的事。

我嘆著氣點點頭，伊弗喝口茶又說：

「如果是黃金羊騎士團，因為有可能進宮，說不定還能跟哪裡的領主女兒結婚。就算沒那麼好，好歹也是在想見就能走一趟的土地上。可是聖庫爾澤騎士團呢？能找到可以在地圖上標出庫爾澤島的人就不錯了，就連老練的商人都不一定知道呢。」

「他們還要加入聖庫爾澤騎士修道會，把一切都奉獻給神吧？」

「因為需要他們發誓終生不婚，以免在外面亂生小孩，留下爭家產的火種。從家裡角度來看，那是算是賺外快。不過賺的不是錢，是名聲。」

「名聲？」

伊弗隨我反問清咳一聲說：

「哎呀～令弟進聖庫爾澤騎士團啦？真是太厲害了，家裡有這麼榮譽的事，把小女交給你也能安心呢——就是這樣。」

伊弗模仿貴婦說話，逗得繆里哈哈大笑。

「弟弟在外辛苦，好處全都讓哥哥享受。當哥哥娶了好媳婦成為一家之主，家名因信仰獲得肯定而升官晉爵時，弟弟卻在一年到頭又濕又熱還長不出幾棵樹，到處都是石頭的小島上每天枯燥地揮劍。」

我了解伊弗的意思，但人的幸福並不是完全建立在世俗的利益上。

比起數金幣，我相信翻閱聖經更能讓羅茲的心靈獲得平靜。聚集於聖庫爾澤騎士團的人，應該絕大部分都是這樣。

因此，為出身於與教會對立的溫菲爾王國而使他們的信仰遭到質疑，肯定讓他們備受煎熬。

「溫菲爾王國分隊的分隊長，是來自名氣還算響亮的溫特夏家，應該是個照顧下屬的好長官吧。」

伊弗稍微皺眉，嘴邊泛起忍痛般的笑。

「就像最後的晚餐，他帶領部下享受了一次最後的凱旋呢。」

「……」

有喳喳喳的嚼葡萄聲。

「他們真的要解散了嗎？」

繆里的話使得伊弗的視線低垂了一會兒。

伊弗也曾是這王國的貴族，因家道中落墜入深淵。

她眼中說不定浮現了被迫離家時最後一眼的景象。

「王國內獻金斷炊，又被教宗跟同袍弟兄當敵人看的狀況，恐怕已經持續了好幾年，不太會有好轉的可能。將生命奉獻給信仰的騎士也一樣會餓，裝備照樣會磨損。要是能碰上對他們情有獨鍾的大商人，或許當前的生活費是不成問題。然而為錢低頭到這種程度，他們還能算是那個高潔的聖庫爾澤騎士團嗎？」

由於這些緣故，他們被迫解散。

所以為了替部下餞別，分隊長在他們仍是騎士團時帶領部下回國接受人民的歡呼。

至少在最後，讓他們自己也沾沾過去只有父母兄長能享受的名譽。

「那麼，海蘭殿下是以主人身分在大教堂款待他們嗎？」

雖是旁系仍是王族，海蘭設宴也為騎士們作足面子了吧。

「你對這方面的事靈光很多了嘛。沒錯，至少從民眾看來，像是王家的人此後會照顧騎士團那樣。」

話中有話的說法使我皺眉。從繆里也在找些什麼的眼神看來，那顯然不是錯覺。

不過這時候繆里仍喳喳喳地嚼著葡萄，很令人分心。

「妳是認為騎士團回國另有隱情嗎？」

我想從繆里手中拿走葡萄，遭到她頑強抵抗。

「或許是我這個人比較小心眼，但就是有這種感覺。還有就是葡萄很多，不用搶。」

「不，我不是想吃啦……」

繆里對我吐舌頭，又塞一顆進嘴裡。

「妳是覺得他們受了教宗的密令吧，可是……那感覺又不像是來打仗的。」

我曾往談和使者的方向猜，但這樣羅茲的行動會變得不合理。

談和的使者，會帶求救信在路上跑嗎？

「戰爭有很多種方式，最淺顯易懂的，就是商人搶地盤了。」

伊弗愉快地看著繆里撒野，向後靠著椅背說：

「例如有兩個互相對立的商行，一邊想挖另一邊的地盤。正好，就拿這個鮮葡萄進口商來說吧。」

繆里像是覺得這故事會很有意思，坐正往伊弗看。

「這兩個商行關係不好，其中也想賣葡萄的商行呢，即使存了一筆錢要買進口權，也處處遭到刁難，官員根本不理他，進不了這個領域。這種事很常見，公會可說就是為了處理這種事而成立的。」
老商行阻撓新進商行的事的確時有耳聞。
「發生這種衝突時，新進商行有時候甚至會氣到直接去砸阻礙他們的商行，靠拳頭把這件事擺平。」
一提到暴力，繆里的眼睛就亮了。我這個妙齡少女的哥哥只能嘆氣。
「但是這也會造成不少損失，例如民眾會當他們是流氓。所以該怎麼辦呢？」
伊弗兩手拍合，互相搓起來。
「他們會對受他們照顧的小商行說『喂，你去弄一點鮮葡萄來賣』。」
「這是……？」
自己進口遭拒，就逼迫其他商行走私。
這的確是個簡單的解法，可是教唆小商行做這種事，恐怕賺不了多少。
「我怎麼想都覺得那只會惹禍上身耶。」
「這就是他們的目的。」
伊弗賊笑著說：
「小商行進口葡萄這種事，馬上就會被揪出來。這時候，老商行的人就會跳出來問了：『你們是不是想鬧事啊？……原來是我們那個好兄弟逼你們的啊，真是抱歉。為了防止這種問題再度發生，我們就坐下來談談葡萄的事吧。』於是老商行到這裡才發現，自己被拖上談判桌了。就算他們知道這是老伎倆，小商行的走私行為也是他們的問題。」

假如繆里尾巴露在外面，一定搖得很開心。這裡的小商行就是騎士團，而對立的兩個大商行就是王國和教會了吧。

「妳是說，騎士團是教會派來鬧事的嗎？」

「王國不是在之前勞茲本的事上退居守勢了嗎？」

王宮裡的消息似乎都瞞不過這個商人。我為她的順風耳嘆息，回答：

「對。所以我請求了一點空閒時間，出去走走。」

「底草已經點起了火，燒的是教會陣營。現在輿論強勁，教會內部也出現改革的聲音。拖得愈久，腳下的地基就垮得愈嚴重，還不如拿勞茲本這件事為由打一打比較輕鬆。所以在這裡選擇等待的國王，其實很有頭腦。喔不，急得派軍隊討伐徵稅員的是老國王，所以聰明的說不定是下一任。」

伊弗這麼說著站起身，很不優雅地往桌面上彎腰，從繆里懷裡那串剩沒幾粒的葡萄摘一顆往嘴裡扔。

識時務的繆里自然是乖乖沒抗議，卻對我投來有話想說的眼神。我又能怎麼樣呢。

「而且教會有社會觀感要顧，除非有重大理由，不然很難主動宣戰。既然維持現狀只會持續惡化，教會就勢必得把王國拉回戰場上。於是他們檢視軍容，發現了一支可用之兵。」

「就是騎士團嗎……」

「沒錯。正好與異教徒的戰爭已經結束，他們也沒什麼用處了，當作最後的用途也不壞。他們是來自溫菲爾的騎士，有正當名義返回故國，所以就叫他們回去埋個火種什麼的。」

道理聽得懂，但心裡卻不願懂，使我嘴裡一陣苦澀。

伊弗在桌子另一邊不關己事地說：

「如果是教宗在背後操線，事情八成是這樣沒錯。你都有那種表情了，表示王國裡有不少人也會用相同表情為騎士團讓步。」

要是沒遇見羅茲，或許我還會認為不會有這種事。

可是攜帶求救信的羅茲，卻是穿那麼簡便的服裝就被丟到冬意尚存的爛路上來。相信王國各地的道路上，也有像他一樣渾身是泥的見習騎士正趕往自己的目的地。

「海蘭殿下也這麼想嗎？」

「她心腸好，不會當他們是滿懷惡意來陷害王國，但也多少會猜想他們可能受到了教宗的逼迫，所以才要我在這裡看家。」

「這是因為……？」

繆里對聽不懂的我解釋道：

「因為她是一個壞商人。她原本不是在支援國王的敵人嗎？」

我立刻倒抽一口氣。對喔，伊弗原本支持的人是甚至想引起內亂來奪取王位的第二繼承人克里凡多王子。

這麼說來，盯緊伊弗以免她又趁這場混亂和克里凡多王子密謀詭計也是很正常的事，可是叫到自己住處來會不會太誇張一點？這樣沒有任何找藉口的餘地，擺明就是監視，我也不懂伊弗為何乖乖就範。

能想到的就只有伊弗受到海蘭重大懷疑，覺得還是聽命行事比較好。

國王、第二王子、聖庫爾澤騎士團。

在腦中將三者排開，我才注意到一件事。

「因為敵人的敵人就是朋友？」

「要是國王的敵人聯手起來就糟糕了，所以要看住很有可能成為中間人的人嘍。」

這也可能是聖庫爾澤騎士團來到勞茲本的理由。

「雖然是天大的冤枉，但既然王族是真的在懷疑我，我也只好乖一點了。」

「我也覺得妳很可疑喔。」

繆里的臉頰塞著最後一顆葡萄如此說道。

伊弗擺出很受不了的臉，重重嘆息。

「之前那件事，我策畫那麼久的計畫全被你們給掀翻了。如果下次我再想做什麼，一定先找你們。」

有葡萄皮爆開的聲音。

「所以小姐，要不要再來一串葡萄呀？」

這是在事先疏通嗎？聽了伊弗滿面奸笑地這麼說，樂壞了的繆里一口答應。

溫菲爾王國曾經金援的聖庫爾澤騎士團溫菲爾分隊原共有正式騎士三十名，見習騎士十名，其他照顧他們生活起居的人約有二十名。

沒想像的多而不禁說：「就只有這樣？」之後，替我介紹的繆里瞪了我一眼。

「拜託喔，大哥哥。聖庫爾澤騎士團的騎士至少要在有爵位的貴族召開的騎槍比賽上，贏得五次優勝才能進耶。光是這樣就超強了，他們根本一騎當千。也就是說有三十個人，就比得上三千個士兵！」

我隨即打斷在海蘭宅邸房中機動辯護的繆里。

「一騎當千的話，三十個是三萬喔。」

「奇、奇怪？」

她折指算數的樣子，看得我搖頭嘆氣。

最後繆里高高豎起狼耳朵，突然轉向我。

「不管那個了！我們去看騎士！好嘛，可以吧！」

今天她打從起床就是這副德行。

昨天騎馬趕路似乎讓她有點累，起得比較晚，但她卻是突然掀開被子跳起來，開口就說要去看騎士。

「不可以。」

「為什麼！」

「還問為什麼……」

正在翻譯聖經的我放下手中羽毛筆，將解釋過好幾次的事再重複一次。

「我們是被聖庫爾澤騎士團怨恨也不奇怪的人，妳應該還沒忘記羅茲當時說了什麼吧？現在說不定就有幾個接了密令的人在外面監視我們。知道騎士團的目的以前，我們要慎重行事。」

她嘴嘟得整張臉都變形了，尾巴的毛也完全炸開。

「一個也沒有啦！監視的就只有伊弗姊姊的部下而已！」

倔強的繆里還問過伊弗能不能去，結果機靈的伊弗給了她一個模稜兩可的答案。

「先想好圖徽的圖案再說吧。」

聽我這麼說，她把頭用力扭到一邊去。圖案果然要用看向旁邊的狼才對。

就這樣耗了一個上午，一個跟海蘭到大教堂的護衛送信過來。

「中午的禮拜？」

「對。正確來說是殿下希望黎明樞機您在禮拜當中過去一趟。」

我伸手制止想替我答應的繆里，先問：

「騎士團的人不是把我當仇人嗎？」

「所以請您在禮拜當中去。騎士他們每天早中晚都一定要禮拜，在這段時間可以避開別人的耳目，隱密地對話。」

原來是這麼回事，但我仍覺得不太對勁。

「對話是指……和海蘭殿下嗎？」

「不，是溫特夏分隊長。」

是統率出身自溫菲爾王國這群騎士的人。

「殿下說溫特夏閣下想借重您的智慧。」

我不禁猜想他是視我為異端，想藉故刁難我。但既然是海蘭說的，應該有她的理由。

往一旁的伊弗看，她只是聳聳肩。

「就算有詭計，也要去談談看才知道吧。我多派一個護衛給你，而且有她在的話，場面也不會弄得太難看。」

伊弗戳戳繆里的腦袋。

送信的護衛似乎是當成高潔的騎士不會在少女面前動粗，實際上當然不是這個意思。說不定三十個騎士一起上，繆里也打得贏。

不過我垂眼俯視海蘭的信時，腦中浮現羅茲的身影。假如騎士團是受教宗命令回國作亂，不太可能會用那麼糟糕的方式求援。

那麼他們可能是真的打算求助，而我也有義務伸出援手。

「那就去看看吧。」

我站起來如此回答。

信上說分隊長發誓不會逮捕我，但變個裝還是比較保險，我便換上商人風格的服裝再出門。搭伊弗的馬車也很引人注意，所以是徒步前往。

能見到朝思暮想的騎士，讓繆里腳步飄得都快離開地面了。

勞茲本街上還是一樣熱鬧，到處有人在歌頌或表演宣揚騎士道的故事。攤販也擺出木劍，甚至有工匠擺攤幫人雕刻騎士團徽。

大教堂前廣場上，最顯眼的就是賣花的攤子了。看來伊弗說女孩爭相為騎士戴上花冠並不是比喻，而是實際情況。

「要買花冠嗎？」

我姑且一問，結果被繆里瞪一眼。

「大哥哥，我是真的很尊敬騎士團耶。」

好像是要我別把她跟那些瘋狂送花的市井小姑娘混為一談。

少女心真難懂，我只好乖乖點頭。

穿過攤販周邊的喧騰，往大教堂前進的路上，等著我的卻是更盛大的喧騰。

「……該怎麼進去呢？」

大概是城裡的人都湧過來參加騎士禮拜，人龍一直排到大教堂裡，好幾個年輕的助理祭司和見習聖職人員忙著整理隊伍。

「教堂有側門，我們繞過去吧。」

海蘭派來的護衛對我耳語。我在他帶領下繞到大教堂側邊，見到一扇有窺視窗的鐵門。

「海蘭殿下的客人來了。」

護衛一這麼說，裡頭就傳來開鎖聲，門扉開啟。

「連這裡都能感覺到人群的熱氣呢。」

從側門前進一段，稍爬一段階梯後，我們來到中殿兩旁的二樓側廊上。靠中殿這邊蓋了牆，從那裡看不見是誰通過，多半是專供身分高貴的人使用。

牆上每隔相同距離設有小欄窗，能看見被作禮拜的群眾擠滿的中殿。

底下真的是人山人海，那嘈雜與熱氣濃得彷彿摸得到，流入仍有冬季寒意的石砌走廊。

「啊，騎士耶。」

繆里臉貼在窗上往下看。

參拜者最前方，有一群身穿深紅披風的人。他們個個高大魁梧，虎背熊腰，不由分說地與周圍形成強烈對比。

每一個頭上都戴著花冠，披風上別了花朵，忙著回答小孩的問題。

構成一幅忙碌又和平的景象。

「他們很受歡迎喔。」

帶路的年輕助理祭司說道：

「王國的黃金羊騎士團也很少見，不過他們海上演習時，船常在勞茲本靠岸。那時當然也是人多得不得了，可是提到聖庫爾澤騎士團又不一樣了，每個人都只有在故事裡聽過他們呢。」

騎士在人民心中，可說是位在金字塔的頂端。而且他們還為了王國跨越大海，每天在荒島上努力訓練，為神奉獻一切。

身為一個曾窺見他們背後辛酸的人，這份華貴令人感到有些殘酷。

「這邊走。」

助理祭司不知是否察覺我的想法，致力於避人耳目地將我們帶到大教堂的辦公室。

供一般民眾出入的中殿，大約占了整體形狀細長的大教堂前半段，祭壇位在中央部分。更裡面是聖職人員工作的地方、高額捐款的貴族專用禮拜室、其他專為貴賓而設的房間等。

到了這個裡頭的區域，中殿嘈雜成那樣也突然安靜了下來，感覺很奇妙。

我們和護衛在其中一室內等待，不久門外傳來腳步聲，海蘭開門進來。

「抱歉，都讓你去透透氣了，還臨時叫你回來。」

「哪裡哪裡。請問分隊長需要我幫忙出主意……是真的嗎？」

想把我當敵人抓起來，我倒還能理解。

這時海蘭回答：

「我也懷疑過他在騙我，但如果猜錯了，我一定會後悔莫及。」

然後她肯定地說出結論。

「溫特夏分隊長為了讓部隊存續下去，需要我們的幫助。」

也是這麼想的我，再度體會到自己跟了個好主人。

第四幕

大聖堂鐘聲敲響，中午的禮拜開始了。光是午時暖陽伴著鐘聲，從開在石牆上的窗口投入房裡，就讓人覺得今天又能平安地度過。

這間貴族專用的禮拜堂裡總共不到十個人，其中有個身穿便甲的老騎士。

「幸會。我是率領聖庫爾澤騎士團溫菲爾分隊的克勞德．溫特夏分隊長。」

「我是托特．寇爾，目前受海蘭殿下的感召四處巡訪。」

由於我和海蘭沒有正式的主僕或僱傭關係，所以我沒說服侍於她之類的話。

這是為了盡可能在騎士團真的敵視我的狀況下，避免連累她。

「光聽那些傳聞，想像不到你這麼年輕啊。」

他柔和的笑容沒有一絲敵意，而我背後有人正躁動不安。

「溫特夏閣下，抱歉打擾一下。」

海蘭看不下去，插話說：

「這位是寇爾閣下的妹妹，非常喜歡騎士。她心思慧黠，在過去的旅途上提供了不少貢獻，所以我就讓她參加了。」

繆里睜大眼睛看看海蘭，然後望向溫特夏。

「噢，真是榮幸之至。」
老騎士大動作撥開他深紅色的披風，單膝跪下挽起繆里的手。
「我是聖庫爾澤騎士團正規騎士，克勞德・溫特夏。」
「啊……哇……啊！」
繆里滿臉發紅，用耳朵尾巴隨時會冒出來的表情看我。
「舍妹名叫繆里。」
「喔喔，名字跟人一樣美呢。」
見到老騎士對她微笑，繆里只能恍惚地猛點頭。
我開始在想，她之前說不想送花冠給騎士，該不會只是害羞而已。
「謝謝你，溫特夏閣下。」
海蘭這麼說之後，溫特夏對繆里再度微笑才起身。
繆里極其寶貝地將他所握過的右手收在胸前，掩藏寶物般靠到我背後。
「首先，我要感謝各位應我請求前來。」
溫特夏開口道謝。
「各位其實大有理由可以懷疑，這場請求是我們策畫的詭計。」
事實上，這裡有三名海蘭的護衛，兩名從伊弗那裡借來的護衛，走廊上還有護送我們去布琅德大修道院的那個護衛，總共有六個人在防範突襲。

相對地，溫特夏卻是單槍匹馬。

「正確說來，我的部下大多對各位沒有好感，所以我才會利用這段唯一能與他們分開的禮拜時間。」

這點我已透過羅茲明白。

「我們並不想毀滅教會，也不想散布異端信仰，希望您可以了解這點。」

儘管現在提這沒什麼幫助，但我不得不說。

溫特夏深深頷首回答：

「教會和錢的問題，自古以來就是我們煩惱的根源。為了殲滅異教徒，讓世人了解正確的信仰，我們需要資金。這是光憑信仰與禱告所無法解決的現實，我們也不會為此感到羞恥。可是對於教會出現用這些錢沉溺於酒色的聖職人員，我們沒有任何辯解的餘地。」

光是他強而有力的語氣，就具有彷彿能驅魔的魄力。

「我對於各位在王國的行動，有一定程度的諒解。」

會是先禮後兵嗎？海蘭暫且以注目禮接受這句話。

「但有些勢力不這麼想。他們視王國為邪惡之邦，異端信仰的大本營。而我們是王國出身，在黃金羊圖徽的送別下前往庫爾澤島的人，所以他們認為我們的信仰也不再虔誠。」

推動這股大潮流的兩個元凶就在這裡，他卻隻字不提。

「我們的信仰未曾有半分動搖，神應該也比誰都清楚這件事。然而這也是其中一個光憑禱告所無法解決的現實，我們無法繼續在這種情況下維持部隊。」

溫特夏說得語重心長，而海蘭為難地回答：

「我也詢問父王是否有意恢復捐助，可是……要捐錢給教會的騎士團，恐怕非常困難。」

溫特夏點點頭。

「我明白王國的苦衷。一旦開戰，我們將站上最前線，用王國的錢買來的武器盾牌對付王國的士兵。戰場上，會有我們從前的朋友、兄弟甚至父親。就算避不參戰……對我們也是非常重大的決定，而我們的立場會繼續模糊下去。」

要徹底化為教宗的打手征討王國，還是回歸王國的子民，認清自己是靠王國資助才得以維持，不對主公拔劍呢？

當然，或許也能選擇順從神的指引，不傾向任何一邊，但他們依然會困在這窘境裡。四面八方都會對他們投以白眼，質疑他們究竟是什麼人。

「那麼……」

我的發言吸引了所有視線。

「我能幫上各位什麼忙呢？」

說穿了，騎士團只是缺錢。

那是與我關係最遙遠的東西，或許應該請伊弗一併來才對。

「抱歉，我扯遠了。騎士幹久了，話很容易愈說愈長。」

溫特夏清咳一聲說：

「黎明樞機閣下，你擁有巨大的影響力。能利用這個影響力幫助我們存續下去嗎？」

「影響力？等等，就算我真的有點影響力……那個，該怎麼說才好呢，那不是反而會妨礙你們嗎？」

黎明樞機這個稱呼，是王國需要一個明確的象徵來對抗教會而炒起來的。

那對聖庫爾澤騎士團而言無非是敵人。

「一般來說，或許是這樣沒錯，可是我們現在遭到各方陣營的孤立，再也沒有人需要我們的力量。」

他說得並不卑屈，但斬釘截鐵，聽得令人心痛。

溫特夏看著這樣的我，溫柔微笑道：

「如果這時候，那位黎明樞機忽然一反常態，讚嘆起我們的話會怎麼樣？譬如，說我們是值得敬佩的對手。」

那模樣完全是個暢談理想，內心充滿信仰的廉潔騎士。開始了解溫特夏想說什麼之後，我心裡有一部分逐漸發僵。

「聖座視你們為眼中釘，是因為教會這邊沒有跑出一個在信仰上信譽高到能震驚世間的人。假如這時你公開認同我們是與你對等的可敬對手，那麼聖座和諸位樞機主教會怎麼想？」

我慢慢吸氣，彷彿試圖讓空氣流入僵硬的心。

「……認為你們是與敵人旗鼓相當的戰力。」

「正是。神賦予我們的使命就是戰鬥，對我們而言沒有比這更重要的存在意義。」

他們是一群不知站在哪條陣線，同時遭雙方陣營敵視的騎士。

只要他們能與黎明樞機相抗衡，或是繫住逐漸遠離教會的民心，就會有利用價值。而這個利用價值，能讓溫特夏等騎士存活下去。

他說的就是這麼回事。

這群日夜禱告，早晚揮劍訓練，戰爭號角一響就要帶頭衝鋒陷陣的騎士，竟需要敵人的讚賞才能存續。不是斬殺敵人，而是討好敵人。

他應該知道自己的想法是多麼丟騎士的臉，多麼窩囊吧。全寫在那過分開朗，有如面具的笑容上了。

可是他有義務帶領部下，往能使部隊存活的方向走。即使對方是個來路不明，還將他們逼入這等困境的小伙子，也在所不惜。

溫特夏，一個為達成目的願意承擔任何屈辱的老練戰士。

我只能使盡全力，強忍在他面前跪下的衝動。

「當然，我們身為聖座的劍，也可以選擇當場斬殺你。但那等於直接向王國宣戰，而且我在這所大教堂聽到的全是對你的讚賞，那麼做並不正當。」

我不知那有幾分是客套話，但至少不願與祖國開戰應該是真心話。

「我想……我明白您的意思，也知道您要我扮演的角色。」

溫特夏點點頭，極其友善地說：

「從各位的角度來看，我等於是請求各位幫助敵人壯大，聽起來非常荒唐。可是，懇請各位務必諒解。」

這位彷彿生來就是騎士的男子對著我說：

「我們聖庫爾澤騎士團溫菲爾分隊，曾是騎士團史詩中無數戰役的主角。拜託各位別讓這支部隊的光榮歷史，以這樣的方式結束。」

幾乎就在溫特夏說這段話的同時，大教堂搖響了那口巨大的鐘。

他沒有因為受到干擾而重述，而是在連綿的鐘聲中凝視著我。

他們的旅途眼看就要終結。

為了繼續前進，不惜向敵人求救。

「我等待你的答覆。」

溫特夏說完就向海蘭赴會道謝，匆匆離開房間。

禮拜結束了，其他騎士即將歸來。要是這可恥的請求被他們發現，他們說不定就要拔劍了。

一片沉默中，我往海蘭看。

這心地善良的王族沒有隨便用笑容安慰我，只是將手搭在我肩上。

「我想這個計畫，有稟告父王的必要。」

我為這意外的發言抬起頭，海蘭放開我的肩，望向牆上的教會徽記。

「聖庫爾澤騎士團目前是風中殘燭，失去往日的自信。他們返回溫菲爾王國，是為了重拾希望，因為這裡有願意祝福他們的人。」

伊弗也有相同見解。

不過海蘭絕不像伊弗所說，只是善良正直而已。

海蘭也會從另一個角度，注視關乎騎士的種種現實。

「不過就某方面來說，這也算是他們的示威行為，展示他們是多麼受到民眾愛戴。」

示威給誰看這種問題就不必問了。

當然是國王。

「一旦溫菲爾分隊解散，消息立刻就會傳遍全國，造成巨大反響，一定會有非常多人開始懷疑王家的判斷。但真正麻煩的，是這種影響非常久遠。」

海蘭眼中所見，是更遠大的未來。

「例如往後說不定還會發生大規模的異端動亂，又要與異教徒發生戰爭。這時若沒有溫菲爾分隊，就等於只有我國派不出聖庫爾澤騎士團的人手，在維護信仰的戰爭中落於人後，從世界歷史上除名。我們現在，說不定就站在左右王國未來的岔路上。」

如同與教會抗爭無法將教會徹底趕出王國，人民無法與教會徹底斷絕關係，我也不認為這是正確的事。

——你們當年解散騎士團，還敢說自己信仰虔誠？

只要想像當教會與異教徒的戰火再度燃起時，會有人這樣質疑未來的國王就行了。

「況且停止資助騎士團，是為了向大貴族們展現對抗教會的決心，在抗爭初期就已經開始。我想父王當初也沒想到會持續這麼久吧。當然……這場抗爭也是。」

王國與教會已經隔海對峙了三年之久。

初期或許曾經打算速戰速決吧。

「如果想保持王國對聖庫爾澤騎士團的影響力，父王肯定會接受這個方法。問題是……」

海蘭往我看來。

「這恐怕等於是要你說謊。」

「這——」

才一開口，話就說不下去了。即使算不上說謊，那確實是擺脫不了欺瞞的味道。

然而假如我接受了溫特夏的提議，騎士團將順著人民的讚譽，成功獲得教宗的看重。

何況在這個提議裡真正說謊的不是我。

正是溫特夏自己。

「有件事，我想聽聽殿下的意見。」

「什麼事？」

海蘭貴為王族，與我有天壤之別。

她要我做什麼，我就只得做什麼。哪怕是移山，我也得試試再說。

可是海蘭卻用相同的高度與我對話。

對於這樣的她，我問：

「倘若這個計畫成功了，溫特夏閣下還會繼續當騎士嗎？」

我完全不這麼覺得。

海蘭也抿起了唇。

那就是她的答案吧。

石牆上的窗口，再度傳來大教堂的鐘聲。

犧牲一人，使全體繼續前進。

即使那對戰士而言理所當然，我仍無法那麼肯定。

「請給我一點時間。」

海蘭不發一語地點了頭。

溫特夏不惜提出本該為騎士所不齒的想法，也要拯救他的部隊。

假如事情按計畫進行，即使有大部分騎士覺得奇怪，必須聽從長官命令的他們也只能乖乖服從。而既然部隊能夠得救，大多數人也會將疑問嚥下去吧。

可是要讓人覺得這之中沒有欺瞞，是不太可能的事，真相也多半會以流言的形式散布出去。只要冷靜想想，就會知道這有多麼不自然。

儘管如此，大部分民眾並不會計較這種小事，再說這麼做對王國和教宗雙方都有利益。既然都有利，八成能順利進行。

想到這裡，我也能輕易想像該怎麼處理部隊中產生的扭曲。

那名老騎士會獨自承擔這一切吧。

「還有救嗎？」

從大教堂歸返的路上，繆里無精打采地問。

受溫特夏以淑女之道相待，讓繆里滿臉通紅。

她才剛見到最憧憬的騎士，卻又在同時見到他們背後的現實。心懷信仰而揮舞利劍的高潔騎士們，事實上也不過是同樣會遭到世事殘忍擺布，需要拚命抓住一線生機的凡人罷了。

那光輝燦爛的行為舉止全都是紙糊的盔甲，被世間冰冷的雨滴一淋就要稀爛。

「妳是說誰？」

救溫特夏，還是整個部隊呢。

與我牽手的繆里，手上稍微使勁。

「兩邊。」

那是唯有小孩才允許的一廂情願。

不過，其實誰都希望兩邊都得救吧。

搬出做不到的理由很簡單，現在狀況也不急迫。

哈斯金斯要我大步前進，因為有人替我看顧腳下。

「我會盡量去想。」

繆里或許是以為我會更消極吧。

她抬起頭眨眨眼睛，眼裡透露著些許訝異。

「他們什麼壞事也沒做，神一定會給他們一條生路。」

畢竟無論怎麼說，我都不認為讓溫特夏打下所有罪過，藉欺瞞維持騎士團存續是正義之舉。

繆里談到圖徽時，她也說過這樣的話。

既然那有重大意義，就不該摻雜謊言或欺瞞。

在象徵自己身分的事物上更應該如此。

聖庫爾澤騎士團這名字，塑造了羅茲和溫特夏他們的人生。

「我們來救救那些騎士吧。」

繆里眼燦星光，大聲答應。

騎士團欠缺的不僅是存在意義，主要還是金錢。他們選擇勞茲本，多半是因為大教堂已經開啟門戶，能收容他們，供給當前生活起居的緣故。

而既然當前的活動經費有著落，說不定還能找出不利用我影響力也能解救部隊的方法。

因此，我得先找個人談談。

「賣他們人情，一點好處也沒有。」

在海蘭宅邸看家的伊弗一邊做自己的事，一邊冷冷地回答。

她似乎是在寫信建議伊蕾妮雅訂購布琅德大修道院的羊毛。可以瞥見幾句在抱怨她為什麼從沒買過品質這麼好的羊毛。想到伊蕾妮雅沒買那裡的羊毛，應該是因為她和哈斯金斯關係不好，就有點覺得自己好像害她捱罵一樣。

「你們去的那個布琅德大修道院，以前也有陷入困境的時候吧？記得當時有一群商人裝作想幫忙的樣子，結果是想收購他們的資產。」

「對。」

「而那是因為他們的資產值得收購，或手上權力有利可圖。可是那群騎士不一樣，他們就只有工具的價值而已。」

將心臟置於天平，用金幣測重的冷血商人說起話來，連一絲慈悲也沒有。

「找些慈善家募款，應該能湊到一筆錢吧。那些錢多到沒處花的大富商，可是認為金錢也買得到信仰。可是那麼做，和你用那招幫他們都會遇上相同的問題。」

「用什麼名義，是嗎？」

「不只是名義。難道他們只是需要可以供他們過活的金錢嗎，沒那麼簡單吧？」

羅茲曾說，貧窮其實是源自信仰不足。

王國不肯照顧他們，教宗不肯相信他們。他們因而無法維持部隊，到處遊說人出錢，再用這筆資金買麵包磨劍。

但是，這樣下去也不是辦法。

「我剛說了，他們是工具。沒有用處的工具就是個問題。在這一點上，溫特夏做得很好。他對於自己的地位不抱一絲希望，把心思全放在如何提高自己的利用價值上，甚至不惜壓低姿態求助於你，美得教人動容啊。」

伊弗冰冷的評論使繆里瞪得都快咬上去了，但現在怪罪她也無濟於事。

「不過，假如溫特夏真的打算那麼做——」

伊弗寫完信，抖落吸墨用的沙，從舉傘少女手中抽取下一張紙。

「就等於是有一群沒人牽的獵犬到處遊蕩，這也是個問題。」

她曾猜想這是教宗的計謀，想利用溫特夏他們作亂。

這種狀況固然棘手，但若非如此時，也同樣是問題。

「因為克里凡多王子嗎？」

「海蘭也是眼光夠遠，知道要把我留在這裡。買賣工具可是商人的本能呢。」

「拜託妳別亂來。」

我知道她是故意那麼說，但仍姑且勸阻一聲，她便給了我很刻意的笑容。

「狗這種生物，還是有主人比較好。」

「咦？」

「他們那群人，現在滿腦子都是接受民眾的吹捧。名為讚許的熱葡萄酒，注入了他們凍結的心。但是這份激昂不會永遠持續，餐餐大魚大肉只有起初幾天會開心而已。他們遲早會膩，清醒過來。到時候，他們會重新注意到現實，想起他們被服侍至今的主人拋棄，再也沒有任何揮劍的理由。不要小看空虛的感覺，那可是深不見底的大洞啊。」

她的羽毛筆尖指了指我，再指指繆里。

「假如你哪天突然被馬車撞死了，你覺得這隻狼會變成怎樣？」

我愣了一下，往繆里看。

隨這問題而想起的，是我掉進雪夜冰海的那段記憶。

繆里毫不猶豫地跳下那片死亡之海，隨我而來。

「發覺自己生無可戀的騎士，到底會做出什麼事呢，我實在不願想像。沒有意義的混亂，只會妨礙人作生意而已。」

這些自暴自棄的騎士，都擁有世人所歌頌的一騎當千的勇猛。

而且他們深受人民喜愛，一定會有人願意提供他們兵糧。

悲劇中的反抗軍就因此誕生了。

「所以我在想，不如就想個好方法，把他們賣給第二王子算了。」

想說我絕不許她這麼做時，繆里先插嘴了。

「這可能嗎，我很懷疑。」

伊弗抬抬下巴，要繆里說下去。

「妳說的二號王子，不是王家的背叛者嗎？」

「這個嘛，既然他想篡位，可以這麼說。」

「那高潔的騎士會乖乖站在他這邊嗎？弒君可是大罪耶，做這種事還算正義，就只有國王暴虐無道的時候。」

儘管繆里的知識都是來自戰爭史詩，其中仍有幾分真實。

「這著眼點很好，賞妳葡萄吃。」

伊弗用沙漠地區的語言對舉傘少女下指示，少女點點頭，對繆里嫣然一笑後離開房間。

「自然狀況下是不會，所以有勸說的必要。」

「妳是說騎士還是有可能跟隨他？」

「把鑰匙和鎖放進同一個箱子裡搖一搖，鎖幾乎不可能就這樣打開。但如果事先對好方向，那可就不一定了。」

舉傘少女捧著一大籃綠葡萄回來。

伊弗拿一串下來這麼說：

「我說過會邀請你們加入我下一個陰謀，怎麼樣啊？」

以為有葡萄能拿的繆里停下剛伸出的手。

伊弗終究是個商人。

「繆里。」

一叫她名字，她就故意露出耳朵尾巴，神經質地拍動。然後伸長了手，抓一大把回來。

「總之我先拿這些話的份走。」

繆里像是故意對伊弗展露尖尖的犬齒，張大嘴巴咬碎葡萄。

「真想把妳拉去我那工作呢。」

伊弗愉快地笑。

「既然得不到你們的贊同，我就不主動行動了。要是又翻船，可要吃不完兜著走。」

伊弗擅長在背地裡作戰。現在大概是覺得被海蘭逮住而拖到亮處，輕舉妄動有害無益吧。

「話說回來，我也沒多少選擇就是了。」

這個天天把重於人命的金幣操之在手的商人這麼說之後，搖搖羽毛筆。

是要我們別打擾她工作吧。

繆里臨走前再抓一把葡萄，與我離開房間。

返回我們的房間後，繆里趴在床上畫圖徽，我則坐在書桌前看著窗外發呆。

去布琅德大修道院的這段時間，小狗都是託給廚房養。幾天不見繆里的小狗樂得不得了，但繆里卻不怎麼理牠。

圖徽的圖案也變得軟趴趴，很沒精神。

「伊弗小姐好像知道些什麼呢。」

鑰匙和鎖的比喻。

伊弗知道什麼能讓兩者契合。

「正義的騎士不會跟壞人聯手啦。」

我往繆里看，見到蠟板上畫了醜醜的騎士。

「伊弗小姐說過，有勸說的必要。」

繆里不屑地哼一聲，用腳跟撥弄玩她銀色尾巴的小狗。

「不過，她能想到騎士發現這些讚賞很空虛之後的事，我覺得很厲害。」

這就叫作預判下一步吧，而最可怕的，是她冰冷的看法。沒有人比她更適合「塵歸塵，土歸土」這句話了。

「大哥哥。」

繆里忽然開口。仍是趴著的她放下木筆，兩手用力抱住壓在身體底下的枕頭說：

「你認為騎士跟壞王子聯手會幸福嗎？」

我不敢冒然回答，要小聰明的回答也只會讓繆里失望。

「我想這要看他們多相信自己的大義。」

伊弗說，騎士團是工具。

「如果是教宗在背後操控，要他們在一個陰暗的密室和第二王子合作，溫特夏閣下還比較輕鬆吧。對戰士而言，那說不定還適得其所。」

為了攻擊與教會敵對的王國，必須清濁並濟——這點藉口好找得很。畢竟他們都是戰士，主公一下令，爛泥也樂意爬過去。

但若他們沒有教宗作後盾，單純為了替自己續命而與第二王子聯手，其中意義將大幅轉變。

即使做的都是一樣的事，毒性也將悄悄變質，折磨他們自己。

做事需要名與實。

只要缺了其中一項，人就會感到煎熬。

「所以說，伊弗小姐是認為自己有辦法搬出一套大義。」

「我想像不到，畢竟我也不知道國王有沒有做過壞事。」

繆里沒好氣地這麼說，但她的話語很正確。

國王當然並非完美，但也不是值得引起群眾暴怒，要將他拖上絞刑台的昏君。與教會抗爭，也是以撤除不合理稅賦為目的，有人民一定程度的支持。我實在無法想像騎士團會為這種事憤而投靠第二王子，認為這樣才是正義。

坐著嘆氣的我，忽然想到一件事。

「話說，在第二王子身邊的人是以什麼為信念？」

「嗯咦？」

繆里翻過身，雙手舉高玩不膩的小狗看過來。

「不就跟那隻壞狐狸一樣嗎？」

「妳是說篡位成功以後的龐大回報？」

伊弗支援第二王子，圖的應該是特權之類的商業利益。

「再來就單純是討厭國王的貴族會幫他吧。」

「有這個機會就乾脆幫他一把嗎？」

這樣感覺太馬虎了。就連第二王子都是在走不知何時會遭處叛亂罪刑的險路上了，貴族應該更危險才對。目前篡位一說僅止於謠言的範圍，即使他有明顯意圖，也沒有明確證據的程度。

我愈想愈難以接受，而繆里也像在思索什麼般轉動眼珠子。

小狗已經放在胸上，舔著她的下巴。

「……那隻很會算計的狐狸選他這邊，表示他比較有勝算吧？」

小狗想把鼻尖塞進她嘴裡，被她揪著後頸抓起來。

「他真的有勝算嗎？」

繆里提出一個根本性的疑問，我隨即回答：

「我想應該是有吧。所以再加上騎士，勝算會更大。」

繆里坐起來，小狗從她身上滾下來。

小狗以為那是在跟牠玩，搖著尾巴輕咬繆里手腕。

「我說大哥哥啊。」

繆里揪著小狗脖子提到面前低吼兩聲，並問：

「所謂知己知彼，百戰不殆嘛。這種話神也說過吧？」

「……我想祂絕對沒說過這麼可怕的話。」

但還是有道理。

「話說，那隻狐狸好像都知道我們會怎麼做，像趕羊一樣弄我們，感覺很不舒服。」

繆里將小狗放下床，而牠仍然搖著尾巴趴在繆里旁邊。

「妳能替我顧好背後嗎？」

我們很可能已經處在伊弗計謀的一部分，不能疏於注意周遭的危險。

聽我那麼問，繆里笑嘻嘻地盤起腿。

「我幫你注意會不會踩到野狗尾巴。」

為繆里的說法苦笑之餘，我決定鼓起勇氣大步踏出去。

我離開椅子站起來，繆里也跟著站起。

告知伊弗我們要外出時，看不出有沒有正中她下懷的樣子，她也沒問我們上哪去。

「要是她派人跟蹤的話，我應該會發現。」

繆里在森林打獵時，技術能與獵戶媲美。甚至還能在鹿提高警覺注意背後時，繞過去碰碰牠的鼻子。

她就是這麼令人信賴，而繼承狼血的她還有另一個強項。

「城裡的野狗都是我們的同伴喔。」

繆里跟伊蕾妮雅學到非人之人的慣用伎倆——籠絡城鎮中四處遊蕩的動物。就連伊弗都無法收買野狗，這方面我們占上風。

「現在有嗎？」

「沒有吧。不是知道會被我發現，就是早猜到我們會去哪了。」

兩者皆是吧。

我們的目的地，是位在勞茲本寧靜的密集住宅區，曲折巷弄中的一棟老舊建築。

「臭～雞～！」

繆里一這麼叫，停在屋頂上的鳥便尖聲一啼，從縫隙跳進屋裡。我戳戳繆里的頭，門上的窺視窗也在這時不悅地打開。

「肚子餓就到市場去，笨狗。」

「咿～！」

看她們這樣拌嘴，我反而覺得她們感情不錯。隨後夏瓏關窗開鎖，門扉敞開。

「好消息還是壞消息？」

「我們就是來請妳判斷的。」

夏瓏哼一聲，抬抬下巴要我們進去。

夏瓏和克拉克所維持的孤兒院，充滿小孩多的地方所特有，打翻牛奶般的味道。但克拉克似乎是帶孩子們出外工作了，屋裡空蕩蕩的。

「這時候羊毛會一批又一批地送進城來，每個商行都缺紡紗人手，適合小孩賺錢。」

這裡沒有多少捐款的潤澤，不工作就沒飯吃。

「所以呢？你們要問聖庫爾澤騎士團的事？」

「基本上是這樣。」

這回答使夏瓏皺起了眉。

「我想先問第二王子的事。」

見她不懂我問這做什麼的樣子，我便告訴她伊弗的事與我們和溫特夏在大教堂的對話。

「妳率領徵稅員公會那時所憑據的徵稅權，是第二王子發行的沒錯吧？」

「是沒錯……可是我沒見過他喔？」

「是喔？」

繆里戳了戳像是小孩做的簡陋羊毛娃娃並問。

「我怎麼見得到他？妳口中那個金毛，原本也不是那麼容易見的人物。」

「這樣啊。沒辦法，我家旅館會有很多大人物來泡溫泉嘛。」

繆里不當回事地這麼說，夏瓏投以懷疑的眼神。

「小道消息也沒關係。」

我揪住為這點小聰明沾沾自喜的繆里後頸，問：

「例如為人之類的。」

「他的為人嘛……也只是聽說而已。」

「我們什麼也沒聽說過。所以伊弗小姐說聖庫爾澤騎士團說不定會與第二王子聯手時，我怎麼也想不通。」

夏瓏不快地眯起眼，遙望遠處獵物般放遠視線。

「騎士團的人是奉教宗命令來的嗎？」

看來騎士團若與王子聯手，會讓人最先想到的就是這件事。

「就我在午間禮拜和分隊長見面時的印象來看，不太像是和教宗有關。」

我不想說他們被教宗捨棄，但夏瓏已經聽出來了。

「所以說，聖庫爾澤騎士團會自發性地和第二王子聯手嗎？」

她顯得很懷疑。

「在騎士眼裡，第二王子根本是踐踏主從倫理的反賊吧？我不認為會有這種事。」

「妳果然也這麼想。」

夏瓏聳聳肩。

「所以你才想調查第二王子。會有什麼關聯呢？」

「妳也不知道喔？」

繆里說得很失望，夏瓏做出咂嘴的嘴形。

最後她嘆口氣，覺得和繆里計較太無聊似的聳肩說：

「第二王子的傳聞故事那些，其實問路邊小孩也知道，他實在太有名了。我也是根據那些傳聞給我的印象，認為騎士團不會想和他聯手。」
「說這些就可以了。」
夏瓏雙手抱胸，不太耐煩地說：
「他是出了名的放蕩。」
從海蘭對他的隻字片語聽來，他是個沒信仰沒信用，騙子一樣的人。
「他跟身邊幾個貴族子弟那些亂七八糟的事都是事實。我到處招募徵稅員的時候，就親眼看過一次。他叫廚師扛著用麵包做成的大船在街上到處走，自己拿著酒瓶就往嘴裡灌，還嚷嚷著什麼航向酒海之類的話。」
我聽得很莫名其妙，但多少知道那是非常誇張的事。
一旁愛玩的繆里倒是聽得眼睛發亮。
「然而他卻不像常見的放蕩貴族那樣虐待人民，也沒有被他們怨恨，躲得遠遠的。」
「這、這樣啊？」
看來是因為遊手好閒愛胡鬧才招人反感。
「其實他的鬧法還滿厲害的……像我看到的那次，他最後把船帶到救濟院裡，和那些覺得人生沒有半點樂趣，只是等死的人肩搭著肩唱歌跳舞。如果說他就是那種人，你聽得懂嗎？」

也就是雖然品行不端，但骨子裡並不壞，只是豪放不羈嗎？

「他還很喜歡捉弄教會，聽說他曾經趁夜裡用烤全羊把教堂圍一圈，從一大早就用那個煙燻他們。他真的很有可能幹出這種事。」

繆里聽得很開心，耳朵尾巴都露出來了，而夏瓏對此並不反感。

「記得他是因為教會吝於布施給窮人，他才會去用烤全羊弄他們。基本上，每個故事都是他為某些人出頭才鬧出來的。」

「所以那些羊……是跟城裡的人一起吃掉了嗎？」

「結局是這樣沒錯。人們願意讓他繼續胡來，不單純是因為他的王室身分，而是因為他會跟人們站在一起。我還聽說，他後來以賠罪為由，送了一些羊肉香腸給那所教堂。」

這樣好像也不太好，而夏瓏愈說愈起勁。

「結果香腸裡包的全都是沒人要吃的肉渣，甚至還摻了肥皂，說什麼那正好洗洗你們這些餐餐都要吃肉的黑心肝。人家說到這裡，還一定會補上一句『貪心的主教真的氣到口吐白沫了』。只要是知道教會有多傲慢的人，聽了都很痛快。」

繆里已經笑到抱肚子了。

這些描述，讓我逐漸看見第二王子的輪廓。

他是個視權威於無物，渾身上下充滿叛逆精神的異類。

「那麼第二王子的同伴，就是受到他這種個性的吸引？」

修理高傲顯貴的故事，總是很受民眾歡迎。

第二王子就像是某種喜劇英雄一樣，他的同伴也想乘著這陣風，協助他挑戰王位。

但才剛這麼想，我就覺得不太對勁。

會有人因為這麼薄弱的動機，就在篡位這種勢必有場腥風血雨的事情上幫助他嗎？

一旦失敗，就要斷頭臺上見了。以這種玩伴關係來說，風險未免太大。

「有人繪聲繪影地說他有意篡位，原因是在於他們做那些事的出發點，而不是他們做了那些事。」

「……咦？」

傳聞中，由於第二王子對權威不屑一顧，所以要挑戰權威最大的國王。

乍看之下是說得通，但還是有那麼些不對勁。

一是因為，照理說不會這麼輕易就策畫謀反。

第二則是像繆里在宅邸裡說的那樣。

沒有正義可言。

「跟隨克里凡多王子的，大多是弱小貴族，或是無容身之處的貴族子弟。」

夏瓏這麼說之後，拾起孩子做的簡陋娃娃。

她像是想起了那些孩子，露出難得的溫柔笑容。

「你們知道貴族的長子制度吧？除非當家的特別慈悲為懷，不然就只會塞一筆錢，把無緣繼承家業的其他孩子全都趕出去。其中或許有些懂得作生意，有的進修謀官職，可是大多數的人都只是渾渾噩噩過日子。弱小貴族也差不多，空有貴族之名，卻過著被更強的貴族踐踏的日子。克里凡多王子可說是這些可憐蟲的首領，替他們教訓那些作威作福的人，一吐怨氣的王。畢竟他自己也是哥哥這個次任國王的備品。他還曾開玩笑說自己不如識相一點，早點去當騎、士……」

夏瓏說到這裡，後續的話全消失在嘴裡。

我和繆里也一樣睜大眼睛看著她。

「騎士也是那樣呢……」

這一句話，讓夏瓏閉上半開的嘴。

「成為騎士的人，也都是無法留在家裡，只好用劍闖出生存之道。」

「這就是他們的聯繫嗎？」

一邊是視權威於無物，敢狠狠教訓一番的放蕩王子。

一邊是為信仰而活，甲冑底下懷藏正義的高潔騎士。

假如正好相反的他們都有相同的苦衷，就只是方向不同──

「我曾經聽說過，國王和他那個即將繼位的哥哥沒有強行約束他，是因為罪惡感的緣故。」

夏瓏簡短地說：

「就像會把弱小雛鳥推出巢外的鳥一樣，他們是以趕走弟弟的方式維護家產。而這些有權有勢的人，只用一句『希望你堅強活下去』就以為能替自己贖罪……這種事太常見了。」

跟隨夏瓏的徵稅員們，也都是被聖職人員拋棄的私生子。

無緣繼承家業而離家的貴族好不容易成為騎士而有個棲身之所，如今這一切又將離他們而去。這時候，第二王子出現了。

問他們想不想讓那些為了自保而踢開他們的人一點顏色瞧瞧。

「和第二王子聯手，他們就會變成反抗國王的勢力。」

夏瓏的低語將我從陰暗的沉思中拉回來。

「從教宗的角度來看，那等於是助他對抗國王的寶貴戰力，非常可能會對這些溫菲爾出身的騎士改變想法。」

伊弗說，騎士只是工具。

沒有用途，不受人重視的工具。

「我想，騎士將希望寄託在這的可能並不小，不過我倒是覺得那個分隊長提出的方法好多了。雖然是逢場作戲擺笑臉，但至少還擺得出來。」

溫特夏一定是在考慮過第二王子這條路之後，才對我提那個構想。

若與第二王子聯手，接下來等著他的就是真正的戰爭。如同老騎士在大教堂所說，他不僅是教宗的打手和信仰的守護者，同時也是溫菲爾王國的國民。

他說不想對祖國子民揮劍，但其實並不是真的害怕發生這種事吧。畢竟騎士們心裡深處，都藏著對溫菲爾王國的陰暗想法。

不需要他們繼承家業就趕出去，與政策不合就中止捐款，因為王國與教會對立，自己的虔誠度就遭到周圍懷疑。

當他們對祖國拔劍時，怨恨的油脂會讓他們砍得更順手。

不過，奉信仰揮劍才讓他們是聖庫爾澤騎士團，為仇恨揮劍就連騎士也稱不上了。

繆里提到獵月熊時她眼中的晦暗火焰，就說明了一切。

那已經是另一個人，我不能眼睜睜讓我所珍愛的人眼睛染上那種顏色。

若只是要黎明樞機出面，還能是鬧劇一場。

「其他人覺得理所當然的棲身之所，他們得不到。好不容易得到了，卻轉眼就要消失。」

為無家可歸的孩子提供避風港的夏瓏抱胸長嘆。

「老實說，我很希望跑來勞茲本的聖庫爾澤騎士團趕快消失。要是他們在國內無端作亂，我們的修道院說不定會變成一場空；如果開戰了，又會有更多不幸的小孩。但是——」

看似無情獵人的鷲之化身，將那簡陋的娃娃放回架上。

「我也知道，那只是驅逐弱者用的藉口。我也是出於無奈，請你體諒之類的話，在我耳內深處響起。」

這個世界並不平等，並不是每個人都天生善良。能為我們提供公正天平的神從不見蹤影，非得自己多擔待點不可。但儘管如此，強者總會塑造出有利環境。

和無容身之處的貴族子弟一起戲弄教會，做出麵包船跑進救濟院的第二王子，以及無法繼承家業也不倦不怠，為信仰與鍛鍊而活的騎士們。

他們雖正好相反，卻同樣因為出生順序而跌出天平，擁有了共通點。

能連接他們的，肯定是個黑暗的理由。

「大哥哥。」

繆里拉拉我袖子，使我吐出哽住的氣。

孤兒院深處的房間傳來嬰孩哭聲。

夏瓏往那看一眼，再看看我們。

「我很想看你們跟那些騎士辯論喔。」

溫特夏說，希望我稱讚他們是可敬的對手。

這種已經安排好結果的公開辯論，想到就覺得滑稽。或許大多數騎士不會聽我說那些話，但整體過程仍無疑會很順利。畢竟即使他們的眼中湧起忸怩的不甘，也不會燃起仇恨的火焰。若能讓騎士仍是騎士，就會比第二王子的路線好上太多。

「不好意思，小孩子醒了。」

「……好的。請替我向克拉克先生問候。」

夏瓏聳聳肩，快步離去。

充滿打翻牛奶般孩童獨特氣味的私立孤兒院。

羅茲被趕出家門後，過的是怎樣的日子呢？

我忽然想起這種事。

回程，繆里沒說多少話。

她所憧憬的騎士，目前只剩兩條路可走。

一條窩囊，一條灰暗。尤其是第二王子的路線，除了它以戰爭為前提之外，還有個更重大的理由使我不希望騎士往這裡走。

雖然兩條路都不是完全正確，但這條顯然代表失敗。

「繆里。」

平時她都是走在我身旁，現在卻前行了幾步。我一喊，她就停在石階上轉身看我。

「我大概會接受溫特夏閣下的請求。」

我追上繆里，手輕扶她的背一起走。

「那對溫特夏閣下是個困難的抉擇，但部隊一定能存續下去。」

既然那會是在國王同意的狀況下讚賞這群騎士，國王便能將此視為策略的一部分，錢就容易給了。即使是敵人身分，只要夠高尚也值得獎賞。這樣騎士們有面子，也獲得足以度過難關的兵糧，也不用歸於王國軍門之下。

只要他們能與可惡的黎明樞機相抗衡，還受到溫菲爾王國民眾熱烈歡迎的消息傳出去，就可能提升他們在教宗心目中的地位，將他們視為挖倒王國牆腳的根基。

整件事順利成這樣，不難想像有人會覺得這是一場騙局，真相以流言方式慢慢擴散。然而老騎士會將指責一肩扛下，有錯的只剩下做出如此輕率決定的我。

而部隊因此得以存續。

很現實的結局。

「對妳來說，可能也是個難受的抉擇。」

「不會啦。大哥哥，我啊——」

繆里抬起頭，不想讓我擔心而露出堅強的笑容，我也直視著這樣的她。

「我會盡全力扮演聖庫爾澤騎士團的敵人。」

我繼續對訝異的繆里說：

「就像妳經常誇獎我那樣，我也要讓人們知道那些騎士並沒有比我遜色。」

既然繆里那麼看得起我，只要彰顯繆里最愛的騎士也有同樣水準，應該能減輕她心中的痛。

知道騎士跟那樣的哥哥一樣厲害，就沒那麼難過了。

所以我按住繆里的肩，請她別傷心，結果她稍一聳肩弄開我的手。

「拜託喔，大哥哥。」

「怎、怎樣？」

「我是很喜歡你啦，可是我哪有經常誇獎你？」

「咦！」

「會誇獎你的，就只有金毛跟城裡的路人而已吧。」

「……」

我閉上嘴摸索記憶，好像真是這麼回事。

不禁為如此自信過剩感到羞愧。

還以為自己難得踏了一大步卻摔得鼻青臉腫，好想找個洞鑽進去時，有人挽起了我的手。當然不是別人，正是繆里。

「可是，我知道大哥哥下了很大的決定。」

那是顯然與覺得好笑不同的溫柔笑容。

繆里拉得我彎下腰，自己踮起腳在我臉上親一下。

「我就喜歡大哥哥這樣。」

連續兩次意外讓我羞得不得了，但突然想到第一次是我自作自受。

且既然繆里已經了解我的用心，那也無所謂了。

我將各種情緒的殘渣嘆出口，吸飽全新的春季空氣。

「既然決定了，我們就快點行動吧。第二王子應該也收到了騎士團來到這裡的消息，有必要在對方搞鬼之前結束這件事。不可以糟蹋溫特夏閣下的決心。」

繆里睜大紅眼睛，露出牙齒。

「嗯！」

她以血都要流不動的力道緊抓我的手向前走，說道：

「呵呵，大哥哥要演戲啊。好怕我會笑出來喔。」

「……」

我不滿地看過去，她回我一個賊笑。

真是隻壞心的狼。不過看她又打起精神，我也就放心了。

看來伊弗是真的沒派人跟蹤我們。

回宅邸後，繆里將事情一五一十全說出來，弄得她一副很受不了的臉。

「妳以為我一年到頭都在想怎麼搞鬼啊？」

「不是嗎？」

伊弗一聽她這樣回答就立刻把葡萄籃拉到身邊。這點倒是挺孩子氣的。

「就算騎士團投靠第二王子，情勢也不會有決定性的改變。所以我只是選一個比較穩的生意而已。」

「生意？」

繆里趴到桌上，往伊弗手邊的葡萄籃伸手，伊弗又把她推回去。在如此短劇中，舉傘少女微笑著又拿一籃葡萄來。

「你們告訴我那些事以後，我馬上就跟大教堂的亞基涅談過了。我們約好在你跟騎士演完戲以後，讓我負責調度騎士所需物資和處理捐款跟兌幣的業務。那之後國王會用某種方式給騎士送錢吧？依靠這筆錢才安穩。」

伊弗總是先一步走在前頭，動作快得嚇人。

我感嘆一聲，得到一籃葡萄的繆里拔一顆扔進嘴裡。

「剩下的份，我下次再拿喔。」

「沒有下次，全部就這樣。」

「小氣！」

對她們姊妹般的對話苦笑時，伊弗忽然說：

「啊，對了。我就雞婆一下，告訴你們一件事好了。」

「什麼？」

伊弗眼露詭色，回答：

「你們是要認同騎士是可敬的對手，讓民眾也一起支持他們吧。」

「是、是的。」

「不要以為這樣就結束嘍？」

短瞬的空白侵占了我的腦袋。

「……咦？」

「就是說他們最後說不定會拿兩籃、葡萄、走！」

繆里又往桌上伸手，想搶伊弗的葡萄籃。

伊弗當然是輕輕一轉就閃過。

「兩籃葡萄……什麼意思？」

「就是被你認同為可敬對手的騎士，會利用這個聲勢跟壞王子聯手啦，笨耶！」

「到時他們鍍了一層金，正划算呢。」

被輕易閃過的繆里耳朵尾巴都冒了出來，很不甘心地趴在桌上。舉傘少女看得咯咯笑，摸摸她的頭。

「不過，只要你準備得夠周全，應該就沒問題了。」

伊弗含入一口勝利的葡萄。

「騎士很單純，這有好有壞。只要你讓他們看見勝利之路，他們就會只看著那個方向直線前進吧。」

說得像牛馬一樣，但我能夠理解。

騎士們的英勇，有不少是建立在他們的愚直上。

「這樣的人，死了太可惜。」

伊弗靠著椅背說：

「我並不討厭戰爭史詩。」

兩把劍交錯在教會徽記前的騎士團旗徽。

即使說了那麼多，伊弗的心還是在溫菲爾王國吧。

「我會努力的，可是……」

「嗯？」

我對看過來的伊弗說：

「請妳不要賺得太貪心。」

伊弗沒料到我會這麼說，笑得肩膀上下抖動。

寫信談要事讓人不太放心，我便透過宅邸裡的衛兵聯絡海蘭，很快就接到回覆。

騎士們不在大教堂，都到刀劍商和鐵舖集中的區域參加他們公會舉辦的守護聖人祭典了，現在方便與她見面。

「咦～我想去那裡！」

繆里聽傭人說那裡還有武術表演什麼的，馬上就吵著要我帶她去，我當然是裝作沒聽見。牽著不情不願的她上街後，發現路人似乎都往同一方向前進。或許是因為繆里一直往工匠街望過去的緣故。

「每～個人都要去湊熱鬧耶。」

她甚至酸溜溜地這麼說。

即使不是午間禮拜的時候，大教堂一帶人一樣是多得驚人。等等下工的人也會來參加傍晚的禮拜，只會更可怕。

見到海蘭而問起這件事時，她聳聳肩說：

「在騎士團過來之前，往來大教堂的人數本來就一天比一天多了，好像還有附近城鎮的人特地過來呢。應該不是因為騎士，而是王國大部分教堂都還緊閉大門吧。」

自日前勞茲本那件騷動算起，消息從勞茲本傳到附近城鎮，渴於信仰的人們做好準備啟程的確是差不多這幾天會到。

「其他城鎮的教會組織會因此開門就好了。」

「教宗那邊似乎怕的就是這個，實際上是怎麼樣呢？」

國王那邊是認為時間對他們有利。

「雖然按理來說，這可能會像潰堤一樣一發不可收拾……但目前都沒有後續消息。願意開門的，就只有你們經過的城鎮而已。」

這樣你知道為什麼特別受矚目了嗎？海蘭俏皮地補上一句。

「而且如果進展得太快，教會的態度也會轉為強硬。能找出不太刺激對方，同時能使王國的教會組織重啟聖務的方法就好了。」

三年的時間實在太長。

新生嬰孩的洗禮由民眾自己施行，結婚誓言請口齒不清的當地長老讀頌，下葬時的禱文讓淚流滿面的人們憑藉模糊的記憶有一句沒一句地唸。

這當中，聖職人員也因為關門而沒有收入，只能靠過去囤積的財富度日，或是渡海到有聖祿可領的大陸去。

這場誰也不會幸福的耐力賽，就像圍城一樣。

「而且事實上，有很多教會組織還是怕門開了會讓人聞到裡面的腐臭吧。太可悲了。」

就連日前造訪的布琅德大修道院，恐怕也與所謂健全的信仰生活相去甚遠。修士們對我來意的疑問，說不定比哈斯金斯還要強烈。

大概是因為關門是教宗命令，又有不可告人的痛處所致。聽說有些壞商行還會趁這個機會，肆意變賣他們的資產大賺一筆。

然而國王若直接對關門的教會組織出手，顯然會激怒教宗，且反應多半會比第二王子發行徵稅權時更激烈。

如果教會的自清運動能做得更好就好了。突然間，我忽然覺得腦袋裡有根筋被勾住的感覺。

思索那究竟是什麼時，海蘭說：

「在這樣的狀況下磨亮教宗的刀，說不定是一步險棋。」

海蘭嘆口氣，接著輕笑。

「算了，講點正面的吧。謝謝你下了這個決定。」

「啊，哪裡。」

我簡短回答，側眼看著就要浮上腦海的某個想法，補充道：

「我是認為這個計畫的被害者會遠比起騎士團和第二王子聯手少，所以才答應的。」

「那時有溫特夏在，不方便說……你看到伊弗在家的時候，有沒有嚇一跳？」

海蘭抱歉地笑，我也對她微笑。

「伊弗小姐對您懷疑她會搞鬼頗有微詞，但我覺得那是正確的判斷。」

「話說，伊弗是真的不打算和第二王子跟騎士團勾結嗎？」

「她說她已經跟亞基涅談過，靠這個計畫賺安心錢。騎士需要的物資，以及往後應該會大量湧入的捐款兌幣業務，她都要一手包辦。」

海蘭露出有些訝異又放心的複雜表情。

「她真的是只要能賺錢，怎樣都好嗎？」

「就這部分來說，是可以相信。」

海蘭難以理解似的搖搖頭。

「但是我們也想不到她什麼時候會半路殺出，要盡快行事才行。」

這計畫關係到名與實中的名。想誇大事實，就得趁人民的注意力還投注在騎士身上，且騎士還沒被其他事物奪去視線之前完成。

「問題是大多時候溫特夏身邊都有人跟著，明天他們也是一大早就有事，很難安排密談。」

「晚上呢？」

繆里的問題使海蘭疲累地回答：

「不要小看那些千錘百煉的騎士。他們晚上一定會派人守夜。我是很想誇他們聖庫爾澤騎士團名不虛傳，可是這次卻妨礙了我們。」

繆里倒是很純真地為此讚嘆。

「白天也有貼身護衛呢。」

「這麼小心……是因為教宗派了刺客嗎？」

近似冒險故事的對話，讓繆里聽得雀躍起來，海蘭臉上卻泛起近似苦笑的表情。

「他們或許是這麼想，可是既然教宗派了刺客到王國來，當初就不會准他們離開庫爾澤島坐船來了。而且在航道上也有可能被抓。」

「那搞不好是國王派出了刺客。」

海蘭聽了繆里的話又尷尬地微笑。

假設有刺客，是因為騎士自己希望有刺客存在。

沒有人在發現自己其實不被人放在眼裡時會感到高興的。

「總之騎士今天都到刀劍商人和工匠的祭典去了，晚上才會回來，明天也沒機會。請你們一定要在後天空出時間來。」

「……等這一天半真讓人難受。」

今天中午能與溫特夏面談算是運氣好吧。

「真是的，說不定第二王子都已經派使者到這裡來了呢。可是騎士比商人更重承諾，只要你們發過誓，就不用怕對方反悔。」

既然騎士特別守信，就算第二王子勸誘他們，也難以改變溫特夏的抉擇。

「總之只能等溫特夏有空的時間，在那之前要避免輕舉妄動，以免計畫被其他騎士發現。至於父王那邊我會立刻派出快馬。他應該正在為這個亦敵亦友的騎士團頭痛，聽到這個好消息會很高興吧。」

即使三十人左右的戰力算不上武力，也有象徵性的意義在。繆里也說了，想像中的騎士可是一騎當千。

倘若只要給點面子，他們就不會造成大混亂，規規矩矩離開王國，對國王而言是再好不過。且長期來看，那也關係到海蘭之前說的王國與教會未來的相處方式。

「再說，這段時間妳也不會閒著，還有新修道院的手續等很多事要做，不知道這是幸還是不幸喔。」

她給我一個貼心的笑，然後轉向繆里。

「需要用的東西都買完了嗎？」

「嗯。都訂好了，就等伊弗姊姊結算。」

「不愧是為人稱頌的高明旅行商人的女兒。」

「是吧？我都考慮當商人了呢。」

羅倫斯聽到一定很會很開心。

「可是我聽說，修道院預定地上的樓房荒廢得比想像中還要嚴重……」

聽我轉述夏瓏的說法，海蘭表情像是吃了酸溜溜的東西一樣。

「人家跟我說的是一間空了很多年的房子，有在整理……等夏瓏或克拉克跟我報告以後，我再找人去整修吧。」

「有勞您了。」我先一步鞠躬道謝。

「對了。」

海蘭突然有點刻意，又裝作若無其事地問：

「圖徽的事怎麼樣了，有問到有趣的故事嗎？」

她對圖徽的關心似乎還不亞於我們，甚至更高。

為海蘭雀躍的樣子高興之餘，我發現繆里也目光斑斕地看著我。

「可以講嗎？」

是指對獵月熊那些荒誕無稽的猜測吧。繆里一直很想找個人分享她的發現吧，希望她不會忘我到暴露自己的身分。

「不要纏著人家太久喔。」

繆里把這個回答當成同意，從狼圖徽不多講到熊圖徽，中間還夾雜國徽裡的羊毛是不是太短之類的。

海蘭不知是覺得有趣，還是為跟她說話而高興，始終很開心的樣子。

我看著這和平的畫面，向牆上的教會徽記禱告讚頌騎士的計畫能夠順利完成。

到頭來，繆里還是跑去看刀劍公會主辦的守護聖人祭典了。

萬一我的長相被騎士記住，有破壞計畫的危險，但繆里就不同了。她拿這點辯得我無法反駁，讓我萬分無奈地目送她揚長而去。天黑以後，看她春風得意地回來，腰間還插了把木劍，我除了嘆息還是嘆息。

隔天，城裡有個大商行的大船重新裝修完工，宴請騎士一起慶祝。繆里當然也想看大船，也不可能不去共襄盛舉。

最後我輸給無言的壓力，放繆里出去以後，房間清靜下來，剛好適合翻譯聖經。這算利害關係一致嗎……我一邊這麼想，一邊在房間裡繼續翻譯作業。

到了傍晚，海蘭送信過來告訴我溫特夏明天的行程。

明天要為來自鄰近主教區的聖職人員進行特殊禮拜，溫特夏需要代表騎士參加。一般騎士只需參加普通禮拜，和上次一樣會出現溫特夏周圍沒有其他騎士的時段。

我要趁這段時間和溫特夏結下祕誓，並討論計畫的概略。大致看來，這概略就是在大教堂前舉行辯論會，讓民眾對這場競賽留下印象，正巧和夏瓏說的一樣。聖人傳記裡常有這種場面，想到自己也要參加，難免有點害羞。

「大哥哥，你在看什麼？」

「哇！」

海蘭的信讀到一半，繆里的頭冷不防從我手臂底下鑽出來。還來不及想她何時回來的，我的臉已經被臭歪了。

「唔！繆里，怎麼魚腥味這麼重……」

「咦？真的嗎？」

繆里露出耳朵尾巴，在衣服上到處聞。

「大概是港邊有很多人請我吃烤魚吧，很好吃喔。」

「真是的……」

且也許是因為吹了一整天海風，她全身都濕濕黏黏的。

「去跟人家要點熱水回來洗澡。」

「好～」

「耳朵尾巴！」

開門之際，繆里說「我知道啦」似的很故意地扭腰擺頭收起狼的部分。我不禁對這樣的她嘆了口氣，提筆給海蘭回信。

若要舉辦聖庫爾澤騎士團與黎明樞機的辯論會，就必須挑選一般民眾能一聽就懂的題目。需要掂量該引用聖經哪些部分，列出候選清單。為表明立場，溫特夏那邊應該也會想當著人民的面指出一些信仰上的問題，需要讓他容易切入。

我再度翻開因翻譯而幾乎要整本背下的聖經，將其中知識灌注於信中。背後，繆里將熱水倒進大澡盆裡，也讓我繃緊了神經。

等蒸氣濃到足以讓我的墨跡暈開，繆里說：

「大哥哥，幫我洗頭！」

在脫光衣服準備就緒，一點也不知羞的繆里面前，我也寫不了神學問答的草稿。只好老實就範，放下筆捲起袖子。

「嘿嘿嘿。」

不愧是貴族家的肥皂，融入了香草的芬芳，非常高級。我搓出泡沫替繆里洗頭，癢得她扭來扭去，狼尾也嘩嘩攪水。

與繆里形影不離的小狗像是會怕水，稍微遠離澡盆趴著等。

「啊，對了對了。我有找臭雞監視大教堂，看有沒有可疑的人出入。」

「咦？」

我詫異反問，肩膀被熱水沖得發紅的她回頭說：

「大哥哥，你以為我真的都只是出去玩啊？」

我以沉默回答。

繆里用尾巴撥撥洗澡水，弄濕我的腳。

「她也幫忙看過祭典裡有沒有怪人，結果也沒有。如果壞王子派人過來，就算在人群裡她也看得出來吧。」

繆里實際打起獵來是非常優秀，不能說這是在要小聰明。

且既然她都說請夏瓏幫忙了，應該是夠可靠才對。

「只要你不忘詞，一定沒問題的啦。」

「就算我記不住戲劇的台詞，神學問題我也一定答得出來。」

我還比較怕自己太投入而忘了目的呢。

「對喔，你在家的時候都在跟那些大鬍子爺爺聊天嘛。」

「妳以前都說那在浪費時間，現在派上用場了吧？」

一開始沖洗頭髮的泡沫，繆里就蓋上狼耳，手指塞進人耳的洞。

大概也有聽不見的意思。

澆了幾次水之後，我往她骨線略浮的背上一拍。

「好，剩下的自己洗。」

「咦～」

「我還要繼續寫信，在水涼掉以前趕快洗好。」

窗戶開著，排出了部分水氣。這樣就能寫信了吧。

我聽著繆里一邊抱怨一邊玩水，繼續寫下半段。

途中繆里忽然說：

「大哥哥，騎士他們——」

我轉過頭，繆里正潑水鬧小狗狗。

「都好像玩得很開心耶，希望那個孩子能早點回來。」

我想起帶著求救信奔向布琅德大修道院的羅茲。

真希望他也能享受城裡人的熱烈歡迎。

「每個人都能笑著回去就好了。」

繆里對小狗露露牙齒。

「就是說啊。」聞著擾鼻的肥皂香，我短短附和。

第五幕

大教堂內聖歌繚繞，瀰漫著乳香的甜味。

因教會閉門三年而無法禮拜，心中堆滿鬱悶的，並非只限於城中百姓。來自近郊的主教與聖職人員們一吸入大教堂內的空氣，表情就變得像睽違紐希拉溫泉一年的泉療客一樣。

大主教亞基涅帶他們到特別禮拜堂，一群人相互慰問。聖職人員們對溫特夏的來到也十分感動，用力擁抱。蟄伏於王國教堂內的他們，立場其實也和騎士團差不多。

我遠望著那景象，裝出與大教堂有深交的商人表情，在走廊等候。禮拜堂門縫間，能窺見幾個高階聖職人員抖動長袍衣襬下跪。亞基涅手捧聖經，往門縫中的我瞥一眼。隨後溫特夏走出禮拜堂，年輕祭司伴隨著亞基涅的禱詞輕輕關門。

老騎士轉向閉上的門，說道：

「對他們而言，這裡就像信仰沙漠中的綠洲。」

前陣子，勞茲本甚至還不是聖職人員能穿著法袍走動的氣氛。

像我自己，也是一到港就被徵稅員公會盯上了。

「你能遊說王國其他教堂也一起開門嗎？」

「請原諒我只能回答『我也曾經有這個想法』。想到教宗不知道會怎麼看，我就實在……」

聽我這麼說，溫特夏低吟起來。

同時，我想起對海蘭說出這個想法時，自己幾乎要想起些什麼的事。在腦中摸索那究竟是什麼的途中，溫特夏又說：

「聖座是有可能將那當作是王國的攻勢，而且聖職人員主動開門，等於是違背聖座停止聖務的命令……你開這兩扇教堂的門，說不定已經是極限了。」

老騎士嘆口氣，搖搖頭說：

「算了，廢話少說。時間寶貴。」

「海蘭陛下在別間房等著。」

起步後，護衛們帶頭前行，替我們開門。

「溫特夏閣下。」

「讓您久等了。」

海蘭與溫特夏握手致意，在圓桌邊坐下。

「那我長話短說，我們已經將你的提議整理出一個具體計畫。」

海蘭使個眼色，候在一旁的護衛便將資料擺在溫特夏面前。

「基本上就是舉辦一場諸位騎士與寇爾閣下的辯論會，吸引民眾注意，最後請亞基涅大主教居中仲裁。為了製造噱頭，議會也會請貴族到場觀看。」

溫特夏看了看海蘭放在圓桌上的文件，問：

「能請他們參加嗎？」

他指著牆壁另一邊，是指來自近郊的聖職人員吧。

「我不是想替騎士團壯大聲勢……只是因為他們也曾經孤立無緣，隱忍了很久。我想透過讓他們參加這場論戰，給予一點慰藉。」

即使事關自己的進退，騎士仍會注意同伴。

海蘭敬佩地點頭回答：

「參加的聖職人員愈多，愈能讓人們感到這場辯論會的威信。寇爾閣下，可以嗎？」

她問得有點故意。

「沒問題。神學問答這種事，不是音量大就贏。」

不僅是海蘭，溫特夏也睜大了眼。

然後他苦笑著說：

「如果你站在我們這邊就好了。」

原想答是，但我臨時收回了。一來我不曉得那有沒有其他意思，二來自己也是他們淪落至此的遠因。

在我的沉默引起注意之前，海蘭先插嘴：

「關於這場辯論會，我想請你找一些百姓也容易聽懂的題目。」

「我看完了。神賜天使劍與天平的段落有些好題材，應該很適合這個充滿商人的城市。我想讓大家知道，在我們的劍所宿含的正義與對神的信仰之前，我們是中立立場。」

既非王國的敵人，也不是朋友，單純是信仰的守護者。

「那麼你會怎麼進攻呢？」

這不是替聖經釋義的愉快討論會。

我的角色是投奔海蘭麾下，對抗教會的改革旗手。

「追根究柢，這場抗爭是從王國不滿於教會的什一稅開始的。因為那就只是為了對抗異教徒而徵收的臨時稅而已。」

說到這裡，溫特夏也懂了。

「是說我們不過是維持這筆稅的劍嗎？真的是痛處。」

騎士們既是戰力，也象徵著戰爭。一旦戰爭結束，就等於是沒有用處的工具。教宗對溫特夏他們的態度冷得像是打算拋棄他們，也是因為異教徒之戰結束了吧。

「城裡的人也都在為這矛盾的心情糾結吧，酒館裡經常有人在爭論。雖然用詞粗俗，但這也表示這場辯論會將受到很大的關注。」

人們一方面單純想支持騎士，一方面又不滿於教會的無理稅務。

溫特夏摸摸年邁者所獨有，與繆里不同的銀髮。

「呵呵。要是不多拿出一點鬥志，我們搞不好會輸呢。」

「別這麼說」這種話，我說不出來。我不是自大，是真的有一定自信。

因為正義站在我這一邊，世潮亦然如此。

而這也是一件極為殘酷的事。

面前苦笑的溫特夏，與我年齡相差有三四十歲。年輕時多半實際與真正的異教徒廝殺過，是個用生命守護教會信仰的騎士。

不像我只會靠書本砥礪信仰。他應也失去過許多戰友，見過無數難以言喻的悲劇吧。而最後，他們戰勝了異教徒。

日後大勢底定，異教徒遭到驅逐。在我小時候，異教徒之戰就已經淪為徒具形骸，又名北方大長征的例年活動。而那也早在十年前結束，世界恢復和平。

在異教徒仍有具體威脅的年代，溫特夏想像得到今天嗎？是不是認為只要擊敗異教徒，為世界帶來和平，騎士就能集世間榮耀於一身呢？

恐怕是想都沒想過自己會有遭到摒棄的一天吧。

「不過，打不利的仗才有趣，部下會變得更團結。」

溫特夏放棄了什麼般爽朗地說。

伊弗認為，這位老騎士對自己的地位已經不抱任何希望。沒說「我們會變得更團結」也是這個緣故吧。如今溫特夏是請求敵人協助的叛徒，多半已經不認為自己是聖庫爾澤騎士團的一員了。

「黎明樞機閣下。」

溫特夏看著我，眼神清澈得令人起敬。

「到時還請你全力以赴，千萬不要客氣。我們也會全力抵抗，維護自己的立場。我的部下現在覺得腳下就像沙地一樣不穩，且天空灰暗，認不清方向。但是只要敵人出現，知道自己該往哪裡去，他們就團結得起來，能在這場風暴中互相照應。」

即使背後是一場騙局，也比四分五裂好多了。

「我已經很多年沒戰鬥了，我由衷地感謝你。」

那直爽的笑容令人痛心。

日期，就訂在後天。

除非國王反對，而海蘭已經表示機會很低。

「後天啊……」

臨別之際，溫特夏忽然低語。

「不方便嗎？」

溫特夏連忙搖頭回答海蘭：

「不，其實我們前往王國時，已經另派使者替我們找棲身之所，畢竟這座大教堂不一定會接納我們。可是到了今天，還有一個沒回來。」

「這……實在令人擔心。且讓我我立刻派人替你找吧。」

「可是這──」

沒等溫特夏說完，與我面面相覷的繆里先插嘴了。

「他叫羅茲嗎？」

溫特夏詫異地看過去。

「我們去布琅德大修道院的路上有遇到他。雖然走得搖搖晃晃還一頭摔進泥坑裡，最後還是到了。」

聽他摔進泥坑，溫特夏都摀起了眼睛。從這樣替他難為情的動作看來，他們感情似乎不錯。

「以騎士來說，這樣還真是丟人……不過向前倒下這點，倒是滿像他的。」

溫特夏笑著嘆息。

「這個見習騎士非常重視騎士道，連我都要慚愧了呢。要是出戰時他能在隊上，心裡一定會很踏實。」

他的語氣就像提起孫子一樣。我與騎士團的這場答辯，無疑是會留誌勞茲本編年史的大事，還說不定會成為騎士們重出舞台的契機。要是羅茲趕不回來，未免也太可憐。

「我派快馬去接他吧，不知道能否趕得上就是了。」

「這、唔、嗯……為這種小事煩勞殿下，實在太丟人了……」

「別這麼說。」

海蘭像是被溫特夏照顧屬下的態度所打動。

騎士入團時，定會先加入騎士修道會，誓言願意為彼此奉獻生命。人說這情感堪比親情，而我也在此刻感到那絕不誇張。

為了讓他們能夠繼續維護這樣的感情，我得多加把勁才行。

然而，每當想到溫特夏是否能留在這樣的願景裡，我就覺得有條黑蛇爬進我胸膛，纏住心臟一口咬下去那般心痛。儘管如此，我也不能白費騎士的決心，必須站穩雙腿。

隨後溫特夏離開房間，加入其他騎士的行列，我們和亞基涅打點過當天程序後就離開教堂。

勞茲本今天依然是那麼熱鬧，那麼和平。

「大哥哥。」

往宅邸走的路上，繆里扯住我的袖子。

「可以買點好吃的回去嗎？」

我立刻聽出那不是平時嘴饞的語氣。

大概是因為我臉色難看吧。

「妳想吃什麼？」

「咦，可以讓我挑嗎？」

繆里吃得高興的東西，感覺就特別好吃。

不過我還是趕緊補充。

「除了炸魚骨以外。」

「咦～那個很好吃耶。」

那玩意兒我光看了就會火燒心。

最後繆里選的十分正經，是個夾起荷包蛋和醃肉的麵包。

但那聽說是勞茲本最厲害的麵包師傅做的，都快被源源不絕的客人擠扁了才總算買到。

而辛苦沒有白費，麵包鬆軟，鹽又下得足，好吃極了。

「大哥哥，你真的很好心耶。」

我們坐在行人熙攘的港邊一角木箱上吃麵包時，繆里這麼說。

「你這樣打得贏以後的戰鬥嗎？」

大口咬麵包的繆里指責似的說。說來好笑，前天溫特夏向我們提議後，回程路上還是她比較消沉呢。

我提起這件事，她表情就像是我笑她以前尿床一樣，露出牙齒。

「因為我已經知道沒有更好的選擇了嘛，垂頭喪氣也沒用。再說，戰鬥時最不好的——」

繆里又大咬一口，把右頰塞得像松鼠一樣鼓。

「就是猶豫。揮劍時一旦猶豫就完了。那不只會給敵人趁隙反擊的機會，還會給敵人多餘的傷害。」

若要斬殺對手，就該一鼓作氣來個痛快。

「妳改變心態的速度真是快得可怕。」

毛髮有如灰裡摻雜銀粉的狼少女燦爛地笑。

「那個騎士長官好像是想暢所欲言的樣子，你也儘管說自己想說的話吧。」

繆里一邊粗魯地摳牙縫裡的肉屑一邊說。

「兩邊搞不好會吵到面紅耳赤，口沫橫飛。大家一定看得很高興。」

她聳肩而笑，在木箱上盤起腿。

完全是個拿翹的商行小伙計。

「其實這樣也不錯，太安靜就不像戰場了吧？」

那多半是溫特夏最後的戰場，所以想盡可能炒得熱烈一點，熱到令人忘卻背後的欺瞞。想像那樣的場面，緊張與悲哀使我不禁失笑。

群眾圍觀下，我光是大聲說話就會緊張，而屆時面前還是真正身經百戰的騎士，他背後還有一整隊剽悍的騎士。

擁有悠久傳統與歷史，以及強烈自負的信仰集團，聖庫爾澤騎士團。

與他們對峙，就像伐木工在山裡遇見熊群一樣。

但是我不必恐懼，只要鎮定地看看四周就行。

一定會有一隻隨時隨地都是那麼可靠的銀狼在我身邊。

「如果圖徽……」

「嗯？」

繆里趁我又埋首於思考中，想偷偷抽走我麵包裡的醃肉，並抬起視線說：

「如果圖徽來得及做好就好了。」

「……」

抽走醃肉使得荷包蛋差點滑出來，繆里用嘴去接，並保持這個怪姿勢眨眨眼睛。

「在那裡公開我們的圖徽，感覺還不錯。」

繆里咻一聲把蛋全吸進嘴裡，舔去沾在手上的蛋黃與油脂後開心地笑。

「其實大哥哥比我更愛作夢吧。」

這調侃令我莞爾。

只要有繆里在身邊，我相信自己能夠對抗任何敵人。既然圖徽象徵著我們的聯繫，是該找一個合適的場合來公布。

我試著想像兩人身上不起眼的地方都配戴著相同圖徽的樣子。

很有冒險故事一景的感覺，想到就想笑。

這瞬間，能夠表示我倆關係的詞開始有了輪廓，但它像雪片一樣想抓卻抓不住，轉眼從掌心裡溜走。

想拚命追上去，卻會忍不住向現實伸手。

「大哥哥？」

我放棄再想下去，對好奇看來的繆里說：

「對不起，我剛才快要想到一個能形容我們的詞……」

「夫妻？」

「並不是。」

經過這些對話，我徹底忘了那隱隱浮現的究竟是什麼。

「唉，妳害我完全忘記了啦。」

繆里跳下木箱笑呵呵地說：

「又沒關係。」

然後手扠著腰望向大海。

「那個老騎士就算離開騎士團，也一定永遠都是騎士。」

海風吹來，撥動繆里的銀髮。

「那個男孩雖然只是見習，但比誰都更像騎士呢。」

繆里既溫柔又堅強。覺得被自己當妹妹照顧的女孩說得啞口無言很丟臉，只有剛開始而已。

「妳也……」見到繆里瀟灑的站姿，我不禁想說些什麼，嘴卻僵著說不下去。

因為曾經失落的答案，居然輕而易舉地找到了。

能形容我倆關係的詞。

而且極為貼切。

「怎樣？」

繆里疑惑地回頭，我慢慢閉上僵住的嘴。

轉成笑容。

「沒事，別在意。」

「咦咦？騙人，完全是有事瞞我的臉！」

我打算等狀況過去再說。

她一定會很高興。

「討厭啦，大哥哥！」

我哄著繆里往宅邸走，要回去為後天作準備。繆里對我的手又拍又拉，最後大概是吵累了，嘟著嘴牽起手。

雖然沒能力追求完美，但我想盡可能去追求理想。

後天的辯論會，絕不能放水。

就在我重新篤定決心時——

「？」

繆里忽然停住，轉頭望去。

「怎麼了？」

我停下來，發現一旁多了條野狗仰望著她。

狗還頭槌似的在繆里腹側頂了又頂。

「呃，喂，很癢耶。什麼事啦？」

「汪呼。」

野狗輕吠一聲，噠噠噠地走遠，又停下來回頭看我們。

「要我們跟過去的樣子耶。」

繆里聳聳肩，朝野狗走去。野狗見狀再度前進，從大街轉進小巷，一會兒後又走上大街。

繆里看看我，歪著頭追上野狗。

最後牠走進大商行邊的巷子，對裡頭吠幾聲。

「如果只是跟我說那裡有埋骨頭，我就把你尾巴毛剃光。」

繆里說完就鑽過堆得高高的木箱邊，往巷子深處走。

腳步停止，顯然是因為驚訝。

「……你在這種地方做什麼啊？」

見到的是縮在牆腳，哭腫了眼的羅茲。

野狗是發現繆里縫在腰帶上的騎士團徽有羅茲的味道，才帶她到這來的吧。牠仰望繆里，像是討賞，摸摸頭就開心地搖尾巴。

當我與疑惑的繆里對看時，背後有人對我們說話。

「怎麼，你們認識這小伙子？」

那是個商人穿著的肥胖男子，留了滿腮似乎很硬的鬍鬚，老實說長相有點可怕。

不過他手上木盤放著麵包，還有條冒煙的手帕。
「讓一讓。」
「啊，好。」
我靠到牆邊讓男子通過。那些東西果真是為羅茲所準備，他將麵包擺在羅茲腳邊，粗魯地將手帕抹在羅茲臉上。
男子粗魯地幫他擦完臉後，把麵包塞進他手裡。
「真是的，說幾次男人不可以隨便掉眼淚了。」
「呃……他怎麼啦？」
男子用力挺起肚子站起來，嘆口氣說：
「我是出城買羊毛的時候，在那裡遇到他的，前不久才剛回來。妳看他哭哭啼啼，我總不能把他放在商行裡討晦氣，東西會賣不出去。」
「你是說布琅德大修道院嗎？」
商人聽了嚇了一跳，隨即聳個肩。大概是因為我們也是商人打扮，以為是在買羊毛的路上擦身而過了。
「他說他被修道院的衛兵給攆了出來，一問之下發現他剛好要到勞茲本來，我就讓他上車了……可是他哭了一路，我都不曉得他在哭什麼。如果你們認識，麻煩幫個忙，帶他回去吧。」

雖然他說得很麻煩的樣子，實際上卻是花了幾天送他到這來，還準備食物並用熱毛巾替他擦臉。人真的是不可貌相。

當男子不勝唏噓地要返回店裡時，羅茲突然站了起來。

「謝、謝謝您幫我這麼多！」

男子稍稍回頭，哼一聲走掉了。淚痕又劃過才剛擦過的臉，羅茲用捏爛麵包的手擦。

「呃……到底怎麼啦？」

經繆里一問，羅茲才終於注意到她的存在而嚇得睜大眼睛。然後眼淚又噗碌碌地滾出來。

「騎士團……」

「咦？」

「騎士團要沒有了啦……」

我們花了好長一段時間才哄停號啕大哭的羅茲。

羅茲告訴我們，修道院只有第一天當他是貴客。他不斷叨唸著「那些叛徒」，撕咬被他捏爛的麵包。

「後來他們態度客氣歸客氣，可是一個接一個來問騎士團的事，好像在審問我一樣。他們問得很細……連我們在島上吃什麼都問。」

那多半是想了解他們經濟狀況有多差，而真正讓羅茲生氣的，似乎不是這裡。

「叛徒是什麼意思？」

羅茲用袖子擦擦眼睛回答繆里：

「我……以為他們會幫忙，就把團上的困境都告訴他們。可是他們聽我說了那麼多以後，先問我的卻是——」

——所以騎士團跟黎明樞機是一夥的嗎？

「說什麼傻話！」

他突然破口大罵，趴在繆里身邊的野狗嚇得跳起來。

而我們也一樣驚訝。

「他們說……黎明樞機？」

「對。我也很莫名其妙，不管怎麼解釋都不聽，而且還……還問我身上是不是有藏密令，把我整個扒光。他們到底是在想什麼啊！」

繆里偷瞄我一眼。

就算海蘭替我們寫信算不上問題，或許我們也不該跟羅茲在同一天造訪修道院。如同哈斯金斯有所警戒，修道院的修士當然也會對攜帶海蘭的信前來的人提高警覺。即使不當我是黎明樞機本人，猜想我們是同夥，要來調查修道院的貪腐，也是極其自然的事。

羅茲第一天受到他們款待，也是合情合理。可是才剛款待一個聖庫爾澤騎士團的使者，沒多久又有人帶海蘭的信出現。可以聯想到的太多，很難當作是湊巧，正常人都會懷疑兩者有關，更何況羅茲多半也坦承了他受過我們的幫助。

「對我百般無禮地審問以後，他們把求救信推回給我，說等我能夠證明自己不是王國的手下才會聽我說話。所以我、我……惱羞成怒，衝上去打人，結果一群士兵立刻衝進來抓住了我。那群修士叛徒還用很瞧不起人的語氣說我們……溫菲爾分隊已經沒有用處，很快就要解散了。」

修士把他當貓狗扔出修道院以後，剛才那位商人就來了。說不定是買羊毛時，哈斯金斯替羅茲說了點話。總之商人收留了他，帶回這裡。

然而真正使我在意的，是「騎士團要沒有了」這句話。

「我們都不想承認……但每個人心裡都很明白……」

庫爾澤島與王國有很長的距離，想必他們路上停靠過很多港口，與無數商人和居民交談過。或許每處都歡迎他們，但傳聞應該也聽了不少。

再說，再怎麼鍛鍊也無敵可殺這件事，他們一定比誰都清楚。

「軍資陷入困境的，不只是我們分隊而已。」

羅茲沮喪地說：

「整個庫爾澤島都過得很苦，每個國家給自己分隊的錢都變得很少，就連教宗給的聖援也少了。既然不會打仗，這也是當然的事。」

他淚已流乾似的盯著地面說：

「其他人應該只是認為人數變少，至少每個人分到的聖援就會多一點。我們動不動就和明著暗著怪罪我們的人爭吵，根本就沒有信仰之島的樣子。我們是不想和庫爾澤島一起沉淪，才決定回來的。」

王國的捐助徹底斷絕，也讓他們沒有留下來對抗的本錢吧。

「路上有各式各樣的人歡迎我們，讓我們比在島上更像騎士。」

羅茲像是想起當時景象，終於有點笑容。

「可是每當在靠港城市接受熱烈歡迎後，一回海上我就會非常害怕。在汪洋大海上擺盪，就好像在自己的心裡浮沉一樣。每個人都在問自己，我們會變成什麼樣。國王不太可能會歡迎我們，而且大多數人連父母的長相都不記得了，有家歸不得。」

就像羅茲連自己出生的土地在這個季節會是什麼樣子都不清楚。

「於是我們在船上，對著藍得教人憤慨，寬廣得無邊無際的天空下想出一個結論，那就是我們只能依靠這艘船上的人了。」

——他們每一個才是我真正的家人。

穿著輕薄服裝，在積雪乍融的泥濘路上瀕死也要拚命前進，都是為了弟兄。派他出任務的溫特夏，也因為他晚歸而擔憂，怕他趕不上後天的盛會。

他們之間，有著比信仰更強大的情感聯繫。

不僅是騎士修道會，教會也有以同胞稱呼彼此的習慣。兄弟姊妹等。

聽羅茲說了這些話，繆里睜大眼睛愣住不動，彷彿連呼吸都忘了。她是個聰明的女孩，應該已經注意到，要用什麼關係來申辦只有我們能用的圖徽才貼切。

不是妹妹或情人，也不是學生或徒弟。但我們的感情強到能為彼此賭上性命，她還叫我「大哥哥」。

尋找能貼切描述這種奇妙關係的詞，實在是件困難的事，但它真的存在，而且就明擺在我眼前。繆里是個站在我身旁，始終注意周遭，有時對我敞開心胸，有時用力牽起我的手，替我開路的人物。

這不就是騎士嗎？

還有更好的詞來稱呼這個一身毛皮宛若銀甲，尊貴美麗的狼少女嗎？

不過，當繆里終於記得吸氣，想往我抱來，我制止了她。不是因為羅茲在場，而是我既然將自己與繆里的關係託付於騎士一詞上，就不能棄眼前這少年於不顧。

在羅茲這樣的見習騎士都要為分隊的存續幾乎絕望的困境中，溫特夏率領著部下來到勞茲本，詳細調查城中狀況，運用智慧，找出能讓自己存續下去的機會。

最後選擇的作戰計畫是利用敵人黎明樞機為楔子，將分隊的存在感重新拉上舞台。他們大可含恨選擇與第二王子聯手這條不太需要多想的路，而且這樣還痛快多了吧。

可是溫特夏卻選擇了能讓騎士依然是騎士的方法。小丑自己一個人當，一肩扛下違反騎士道，向敵人低頭的責任。

我是因為溫特夏的想法尚有可取之處才下此決定，而他自己也是這麼想的吧。憑藉連伊弗也讚佩的冷靜，做出這樣的判斷。

那不是最好的方法，沒有皆大歡喜的選項。我大可明哲保身，在這裡安慰羅茲，並若無其事地和他在後天再會，板起臉孔辯論。

但是，幫他們完成這場騙局之後，我還能請繆里作我的騎士嗎？我可以將欺瞞帶進我為這個曾哭號世上沒有同伴的少女所準備，具有特殊意義的圖徽嗎？

海蘭一定不願意，而我也是。

為理想離開紐希拉的我，甚至覺得要是救不了羅茲，我們的旅程會在此結束。既然沒有與繆里旅行以外的選項，而我們的圖徽將是正確路線唯一的指標，那我必須相信，還有其他路可走。

再怎麼說，我都不認為騎士只是沒用的工具。或許異教徒是消失了，但玷汙信仰的人並未根除。在眾人信仰動搖的時刻，相信他們的存在能使人們重拾信仰。

在大教堂和溫特夏相擁的聖職人員們就是一例，騎士們在此時此刻成了他們孱弱心靈的高大支柱。

如同布琅德大修道院這般自私自利，將信仰往後擺，使這少年心寒的聖職人員多如牛毛。他們才是忘卻正當信仰，崇拜黃金的異教徒啊。

也就是騎士團這信仰的守護者應該討伐的對象——

「應該、討伐的、對象？」

我喃喃地這麼說，赫然睜大雙眼。

「啊！」

剎那間，我腦中響起大教堂的鐘聲，還有鑰匙在鎖孔中轉動的感覺。海蘭與溫特夏對話時隱約閃現的想法，突然具體起來。

怎麼沒有敵人。

唯有騎士能夠討伐的敵人，不是遍地都是嗎！

「大、哥哥？」

繆里擔心地窺探我的臉。我看看她，再轉向羅茲。

這位年少的見習騎士困惑的程度也不輸繆里。

「你叫卡爾．羅茲是吧？」

聽我問他的名字，他有點惶恐地點了頭。

「我的名字是托特．寇爾。」

「咦？大、大哥哥！」

我沒理會錯愕的繆里，繼續說：

「人們稱我為黎明樞機。」

羅茲還當我是開玩笑，但笑容在注意到我的眼神後消失了。

他應該也聽過關於黎明樞機長相的描述吧。

羅茲再往繆里看的瞬間，那頭剃短的金髮甚至豎了起來。

溫特夏聽說他一頭栽進泥坑裡時，說那很像他。

羅茲有騎士的資質，能成為比誰都強的騎士。

「都是因為你——」

當他心中燃起怒火，臉上恢復血氣時，我說：

「我需要你拯救騎士團。」

若要論經過信仰加持的固執，我可不會輸給成見嚴重的少年。

羅茲往前挺得繆里都要衝上來了，而我只是動也不動地盯著他的雙眼。即使他一拳打在我臉上，我也有視線不會偏離的自信。

「你要拯救騎士團。這件事不適合由我來做，但是你一定可以。」

「你、你說什麼。你不是……」

他哭喪著臉，是因為救他的人是他最恨的敵人。

抑或是「拯救騎士團」幾個字，使他的感情搶在理性之前起了反應。

「沒錯，我就是黎明樞機，人家稱我為改革教會的旗手。但既然你也是騎士團的一員，應該聽說過一件事。」

「什、什麼事……？」

即使他不知該氣還是該哭而使得表情亂成一團，但依然勇敢地反問。

我對堅強的少年羅茲這麼說：

「就是溫菲爾王國成立以前，騎士們在這島上對抗蠻族，取回信仰的故事。」

「……」

我對那充滿困惑的臉繼續說：

「你們比我更適合將腐敗信仰趕出這個國家。我需要你們來完成被騎士團遺忘的使命。」

「……這種事……」

「你們一定行。」
如此斷言的我站起身來。
俯視在鄙陋後巷蜷身哭泣的少年。
並對他伸出手說：
「神聖的騎士，快點站起來。你們要消滅邪惡，拯救王國與信仰！」
羅茲不明所以地看著我的手。
這時繆里抓住羅茲的手，說道：
「騎士不可以哭。」
羅茲雙肩一跳，用袖子用力擦擦眼睛。
好強、愚直、執著，無論如何都會重新站起。
這個騎士要素全部兼備的少年接受挑戰似的抓住我的手，站了起來。
「我們騎士團不會向敵人低頭。」
我眼前浮現溫特夏的臉。
「但是，騎士也要對敵人展現寬容。」
這麼適合宣告騎士道守則的少年可不多見。
繆里對這個甚至會讓溫特夏感到慚愧的羅茲開心地笑。

「我就先聽你說清楚吧，黎明樞機。」

交叉於教會徽記前的劍。

我覺得那根本就是指這個少年。

騎士仍有能發光發熱的路。因為他們應該消滅的敵人已經在這裡盤據好多年了。

至今從未有人出面對付這些敵人，自然有其原因。想克服這道原因，需要能夠逼退任何人的正論。而若要以正論為盾，沒有任何人比聖庫爾澤騎士團更合適。

對羅茲說出我的想法後，他表情彷彿是見到蟾蜍暗誦聖經章節一樣。

同時，也對自己怎麼沒想到這方法而懊惱。

常識與約定俗成的規矩，經常不知不覺地蒙蔽人的雙眼。當人們抱怨事情照正論來說應該是怎樣時，也需要足以高舉正論的勇氣。

但羅茲認為這個方法正好適合現在的他們。

有些事，就是在這個立場模糊不清，誰都不認為他們是自己人，像無錨之船一樣漂盪的時刻才能做，而且是非做不可。

「我只要向分隊長報告這個方法就好了嗎？」

羅茲已經迫不及待，而我這個比他多長幾歲的人還更需要鎮定。做大事之前必須先打通關節，也要再三確定計畫是否穩妥。

因此，我知道有個人特別懂得如何冠冕堂皇地要人閉嘴，便前往海蘭宅邸請教意見。

「……妳哥哥有時候真的很像妳爸。」

「咦咦？大哥哥跟爹哪裡像啊？」

「就是看起來好像都在發呆，但其實看得比誰都廣那樣。而且下了決定以後就怎麼也不願意改變方向，跟羊一樣。」

伊弗和繆里在海蘭宅邸一室中對撞犄角似的對話。

羅茲也在房裡，不耐煩地開口問她們：

「所以怎麼樣，我是覺得這個方法應該沒問題才對。」

見到羅茲急著想伸張正義的樣子，伊弗想逗弄他似的哼一聲說：

「你們騎士則是牛，只知道看前面。」

我在羅茲惱羞成怒頂回去之前先插嘴：

「伊弗小姐，我是從妳之前用葡萄來比喻，想到妳可能擅長處理這種問題。」

我的計畫，是以簡直找麻煩的正論為武器，甚至太過剛正到反而令人覺得冷血。在這方面，無人能出伊弗之右吧。

伊弗嘆息交摻地說：

「我說的，是一群力量大的人拿力量小的人當棋子，把對手拖到談判桌上。而你說的，是要讓力量小的人揪住力量大的人的鼻子到處跑。想不到你也會有比我壞心的時候。」

伊弗很刻意地用力縮脖子。

「而且也沒得賺嘍。」

繆里的話讓伊弗垮著眼瞪我。

「就是說啊。害我跟亞基涅應酬那麼久都白費了，還以為難得能爽賺一筆呢。」

「妳已經賺得夠多了吧。」

「哈！」

伊弗不屑地一笑，看向羅茲。

「你是見習騎士吧？」

「沒、沒錯。」

雖然有點畏縮，羅茲仍挺直背脊回話。

伊弗咧嘴而笑，對他說：

「你就儘管去把那些瞧不起你們的人狠狠踹翻吧。」

在場所有人都立刻明白了這句話的含意。

伊弗也認為這個計畫行得通。

「我是不會踹翻他們，不過倒是會把他們的帳簿徹底翻一遍。」

伊弗挑起一眉，繆里笑起來，而我對他深感信心。

「真是的，常言道有光就有影，海蘭現在心情一定很複雜。」

「我們的事，她會對國王保密吧？」

這個計畫，會讓溫菲爾國王和教宗都覺得吃了大悶虧。能將正義之名手到擒來的，就只有溫特夏他們而已。

因此，計畫必須當作是羅茲想到的。要是讓國王知道計畫是來自於我，他多半會懷疑黎明樞機其實不是站在王國這邊，開始產生敵意。

「良藥總是苦口，即使真能藥到病除，也會留下怨恨。你們還是徹底裝作無關比較好。」

伊弗的話讓羅茲聽得很不明白。

「這我就不懂了。這個計畫應該能清除王國的病灶，同時為聖座帶來好名聲才對啊，為什麼說得像在做壞事一樣？這純粹是正義吧？」

羅茲正面提出這個問題，但他並不是個未經世事的天真孩童。

他是這麼想的。

做正確的事就是對的，覺得不對的國王和教宗才是錯的。

「像你們這樣只會往正義直線前進的牛啊，根本是我的天敵。」

伊弗說完站起身來。

「快走吧，我還要忙著算帳呢。」

舉傘少女對我們微微笑，才跟隨伊弗離開房間。

羅茲對伊弗打馬虎眼的回答很不滿意，繆里哄過以後才不情不願地收起矛頭。

其實對羅茲來說，計畫是否妥當本來就不是他該關心的事。

因為他打從一開始就沒有拒絕的選擇，真正重要的是伊弗有無異議。

「這樣就沒有疑慮了嗎？」

羅茲已經等得快受不了，想盡快將計畫告訴溫特夏。

「對。再來只需要跟相關人士打點一下，還有你的協助。」

「為了分隊，我什麼都能幫。儘管說吧。」

伊弗說我是羊，羅茲他們是牛，還真是如此。

一方面覺得好笑，一方面又令人心安。

「那麼，到大教堂之後，你必須——」

羅茲再三確認之後，回答：「知道了。」

離開海蘭宅邸時，他忽然端正姿勢看來。

「你……喔不，寇爾閣下，你或許是聖座的敵人，但我想你並不是信仰的敵人。」

我不知道該回答些什麼。

不過，感覺並不須多說些什麼。

我對他微笑，他也在行注目禮之後轉身。

繆里目送這個衣襬飄揚，先一步前往大教堂進行作戰的羅茲離去，並輕笑著說：

「真是個熱血過頭的騎士呢。」

那對羅茲而言是個稱讚吧。

「愛上他啦？」

我故意這樣說，繆里往我的腰用力一拍，回答：「可以考慮一下。」

接著我們也到大教堂，說有要事稟報海蘭，從側門進去。走在冰冷石牆圍繞的走廊上，我反覆深呼吸。

「那個金毛應該不會生氣啦。」

繆里發現我在緊張便這麼說。

海蘭為了實現溫特夏的想法而做的那麼多努力，會因為我的計畫付諸流水，且事後很可能還要捱國王的罵呢。

國王肯定會認為只要能控制騎士，就能讓王國在談判桌上占優勢，而海蘭眼睜睜錯失了這個好機會。

海蘭當然會立刻察覺到事情將這樣發展。

「好啦，生氣了也沒辦法，我會陪你一起道歉的啦。」

繆里說得像惡作劇被逮一樣，使我不禁失笑。

她可是會猜想神就是獵月熊的人，這點小事對她來說仍屬於惡作劇的範疇吧。

「妳放心，海蘭不是會對這種事發脾氣的人。」

一聽我替海蘭說話，繆里立刻就不高興了。

這時，我接著說：

「畢竟溫特夏閣下他們真的是展現了騎士風範。看到那麼棒的騎士，任誰都會忘記不高興的事吧。」

繆里一副踏空樓梯的臉，不甘地笑。

「就是呀，一點也沒錯。」

她說不定又想像了溫特夏他們大顯威風的場面，鬆口氣般吐出放心的嘆息後，吸了吸鼻子。

為那滑稽的樣子輕笑，腹側卻被她捏了一下。

我們就這麼來到海蘭所在的房間，對訝異的她說明原委，她聽得手上要給國王的信都掉了。

「……天啊。」

她喃喃說道，拍頭似的撫額。

「天啊……啊啊，我怎麼、怎麼沒想到……」

見到海蘭抱頭懊惱，繆里不知怎麼很得意的樣子。

「……這也未免太諷刺了，我到底都在想什麼？」

海蘭兩手撐在桌上，沉默片刻。

她是有責在身的人，有很多事要考慮吧。

「身為父王的家臣，我本來是有義務將這個計畫推往有利於王國的方向。」

抬起頭後，她第一句話就是這麼說。

這條路確實存在，而那多半會是能使王國超前教宗的刁鑽一擊，揍得他鼻青臉腫。

但是這麼一來，會使得溫特夏他們的立場依然模糊。

這個計畫，可說是能讓溫特夏他們重新確立在聖庫爾澤騎士團眾分隊中的地位，唯一且最後的機會。

「可是我不僅是父王的家臣，更是神的侍者。」

海蘭說完就要推倒椅子般猛力站起，大步走來。

然後用力握住我的雙手。

「父王的責怪，就讓我來承擔吧。我也不想見到溫特夏這麼一個偉大的人物，被冠上叛徒的惡名。」

「所以，您同意嗎？」

「那當然！」

海蘭說道：

「聖庫爾澤騎士團登上王國的土地，叩開教會腐敗的大門要聖職人員悔改，這是多麼美好的一件事啊！」

這就是我想到的計畫。

王國雖與教會對立，境內仍有許多教會組織存在。

其中有些和布琅德大修道院一樣，歷史比王國還要古老，囤積了莫大財富。原本王國應該揭露他們的惡行，全都攤在陽光底下，但這麼一來將逼得教宗不得不為了保護組織而出手。

在王國也因此頭痛時，第二王子以發布徵稅權為手段，以迂迴方式吸收教會的財產。而此舉當然也使得王國與教會之間擦出火花，差點就要開戰。

這時，聖庫爾澤騎士團出現了。

他們原本是教宗的打手，這樣的部隊登陸王國，等於是宣告戰爭的到來。結果他們竟是來自溫菲爾的騎士，因為騎士團裡沒有容身之地而歸國。然而他們並沒有投入王國的軍門，不知是敵是友。

我想到的正是利用這一點。

讓這支國王和教宗都分不清敵我的部隊，揭露立場同樣曖昧的王國的教會之腐敗。掌權者一定會問，這些騎士這麼做究竟是為了誰。而這個問題，有個能讓雙方答不出來，卻又能讓對方乖乖閉嘴的答案。

那就是為了信仰！

無論是溫菲爾國王還是教宗，都無法反對這點。

「教宗一定會恨得牙癢癢的吧。騎士們匡正教會的弊病，無疑會受到人民的讚頌，派來騎士的教宗也會一併沾光。可是教宗卻曾經刻意冷落這些騎士，而且王國的教會組織一旦因此開門，停止聖務這個信仰上的圍城戰術就會逐漸瓦解。」

海蘭說得很愉快，同時也嘆了口氣。

「父王也會頭疼得像是睡了一整天吧。能揭露腳下教會的弊端，撬開他們的門戶固然好，但使得教宗的聲望隨騎士團一起升高就不好了。況且如果是王國自己揭弊，還能給自己添面子。」

這件事對雙方陣營都是有好有壞。

而且雙方都分不清溫特夏他們究竟是敵是友。

所以國王和教宗都無法冒然遏止或支援他們的擅自行動，只能靜觀其變。若為己方自然是該支援，但要是弄錯了，恐怕會造成無法挽回的可怕後果。

這曖昧的立場讓溫特夏他們吃了很多苦。

那麼利用這份曖昧耍耍主人也不為過吧。

「往後騎士們將成為神的代理人，將弊病趕出王國的教會，人們又能上教堂領受神的慈悲。對父王而言，又多了一個對教會強硬的理由。」

海蘭屈指細數騎士們將造成的影響。

「另一方面，騎士將因為成為正當信仰的推手而享譽全國，教宗也不得不認同他們的成績。畢竟他們是隻身深入敵陣，將人民的稱頌予取予求，還一併為教會博得讚聲啊！」

海蘭說到這裡，要抓住結論似的握拳。深深地呼吸，是為了品嘗這個極為諷刺的計畫中，那股暢快的苦楚吧。

「真是的。」

她重嘆著說。

「連神也想不到這麼壞的計畫。」

那不敢恭維的笑容也是種讚美。

不過，假如這個計畫能順利成功，那也是因為騎士仍保有騎士精神所致。

「大家都相信溫特夏閣下真的能帶領部下順從信仰，行正義之舉。若沒有這樣的信賴，這個計畫就不可能成立。」

因為他們沒有惡意，所以無法責怪。

能夠正面指稱正義就是正義的，唯有高潔的騎士。

「不過，還是有讓人不放心的地方……」

海蘭亢奮的表情略為一沉，說道：

「那就是你託付這件事的見習騎士，到底可不可信。」

這個計畫的名與實，是以絕妙的比例維持平衡。

只要多施加一點惡意，就能輕易地往自己要的方向推動。

倘若羅茲欺騙黎明樞機，將心思投注在打垮王國上，就能以毒害王國，純對教宗有利的方式進行這個計畫。

「放心啦。」

回答的，是繆里。

「有根據嗎？」

繆里對海蘭聳聳肩說：

「因為那個男孩愛上我了嘛。」

說服力高得這麼討厭的話，真是世間少有。

「我相信羅茲，也相信溫特夏閣下。」

溫特夏從羅茲口中得知這個計畫時，會猜想是否是黎明樞機獻的計。

他知道羅茲曾與我們在路上相遇，羅茲突然有這樣的主意也不太自然。

可是，我並不擔心。

「溫特夏閣下是騎士中的騎士。」

用正當方式，做正當的事就對了。

「嗯，沒錯，你說得對。不應該懷疑這一點。」

這世上仍有些值得相信的事。

我與海蘭四目相對，互相頷首。

藉以認同彼此。

「好～那就這樣啦！就這樣！」

繆里擠進我們之間，按著胸推開我，要我和海蘭保持距離。

「我去跟那個男孩說要執行計畫了，可以嗎？」

羅茲正在大教堂的一隅等待信號。

一旦收到信號，他就會往同伴奔去。

「什麼那個男孩，人家叫做羅茲。」

「那個男孩就行了啦，那麼愛哭。」

繆里冷冷地聳起肩。

我與海蘭相視苦笑，繆里抓起我的手往門外走，途中忽然轉向海蘭。

「啊，對了。」

「嗯？」

她對愣住的海蘭說：

「跟大哥哥討論過以後，我們決定好要用什麼關係辦圖徽了。」

「喔喔！」

海蘭表情一亮，而繆里用贏家的姿態對她說：

「就寫我是大哥哥的騎士。」

「……」

當時海蘭的表情，定格在就連女巫打噴嚏也辦不到的絕妙瞬間。繆里逕自開門，按著我的背推出去又回頭說：

「還有就是，妳也可以用我們的圖徽喔。特別准妳用！」

門隨後關上，讓我只能想像海蘭是什麼表情，但我沒忘記搥繆里的腦袋。

「我們可以有這個專屬圖徽，都是因為海蘭殿下用特權賜給我們的耶？妳知道嗎？」

「很痛耶……討厭啦！我怎麼不知道！」

「真的知道嗎？實在是喔……」

如此對話中，我們走回能環顧中殿的隱密走廊。

繆里一個箭步貼上櫺格窗，往擠滿人的中殿看。

「他在嗎？」

「嗯～啊，找到了。」

繆里臉退離窗口，慢慢捲起上衣抓住腰帶。

「嗯……奇、奇怪，撕不下來……！」

她要用羅茲給她的團徽當信號，可是那似乎縫得很牢，最後只好連腰帶一起解下。

「大哥哥，幫我抓好。」

「咦？喂，別急啊！」

繆里無視於慌張的我，將腰帶纏在手上伸出窗格。

羅茲很快就會注意到吧。

那可是他送給救助他的少女的再會之誓呢。

「……他應該想不到我就在牆壁後面做這麼蠢的事吧……」

繆里毫不理會替她拉褲頭的我，只顧用力揮手。

就像要牛快跑一樣。

「啊，他注意到了。」

她這才總算收手。

「哼哼，這麼拚命。」

繆里用姊姊的口氣這麼說，雙手交叉環抱胸前。

我是很想要她廢話少說，趕快抓好自己的褲子。

「他沒問題吧？」

我這角度看不見底下，便直接問。

繆里對窗格透來的光線瞇起眼，回答：

「沒問題啦，他是個堅強的男孩。」

我只有苦笑的份，說不定明天就輪到我緊張了。

「大哥哥，你知道嗎？」

繆里轉向我，臉上堆滿笑容。

「騎士是很帥的喔。」

「我知道啦。」

我一手拉著繆里的褲頭，另一手從繆里手上接過腰帶。

手再繞過繆里纖細的腰，替她纏起來。

最後將多餘的部分綁在腰側後，看向任我做完這些動作的繆里。

「聽說妳是我的騎士呢。」

即使被我挖苦，繆里也嗤嗤地笑，雙手摟住我脖子。

「好～我發誓對你效忠。」

我們的位置，正好與幾年前我擁抱哭慘了的繆里時相反。

雖覺得她即使長大，也只是更會耍小聰明而已，但還是有所成長。

我對這樣的繆里嘆口氣，敷衍地抱回去。

她有點不太高興，但我還是要這麼說：

「騎士要早睡早起，以節制和勤奮為信條喔。」

「咦！」

要是把旗幟交給自由奔放的繆里，她搞不好會哇哈哈地亂跑一通，最後連人都找不到。繩子一定要牽好才行。

繆里手按胸口推開我。

「你很壞心耶！」

我對齜牙低吼的她回嘴：

「那妳要不要回紐希拉？」

繆里的紅眼睛睜大一倍，旋即又眯成一半。

「咿～！」

那咧著嘴轉向一邊的模樣，讓我笑著覺得圖徽真的應該用看向旁邊的狼。

這時，中殿傳來不同於以往的喧囂。

我和繆里併著腦袋往窗裡看，見到溫特夏等騎士圍成一圈，有的甚至激動得高舉拳頭。溫特夏在羅茲身邊，手搭在他細瘦的肩上，將他置於人圈中央，表示他也是騎士團寶貴的一分子。

溫特夏說了些話之後，身旁的騎士頓時士氣大漲，顯然是決定要有所行動。每個人都是緊繃著嘴，表情嚴肅，但眼眶中卻似乎有些淚光，會是錯覺嗎？

「那就是騎士間的感情呢。」

繆里這麼說之後揪住我的袖子。

緊接著騎士們拔出腰間佩劍，引起中殿群眾一陣驚呼。

他們往上互搭劍尖，呼喊口號。

騎士們為新目標團結一致的模樣，讓繆里看得手愈握愈用力。

嘴有點嘟起來，是因為羨慕他們吧。

「我們也沒有比較差吧？」

聽我這麼說，繆里往我看來，臉上掛起大大的笑容。

「那當然呀！」

一絲細微乳香搔弄我鼻腔後，大教堂敲響了鐘。

當獲得目的地地圖的騎士們隨溫特夏命令出擊的那瞬間，羅茲似乎往我們這望了一眼。

希望他們的虔誠，能夠喚來神的祝福。

我如此祈禱時，羅茲已經開始和溫特夏等騎士熱切地交談。聖庫爾澤騎士團與黎明樞機之間，維持這樣的距離正好。

我握起繆里的手。

感到她也用力握住，我們便離開大教堂。

終幕

溫特夏聽了羅茲的計畫後，做出了確切的行動。

海蘭說他請求撤回之前的提議，並說明了騎士團接下來的行動。

感覺像是隱約知道那背後有我們的影子，又好像不曉得。

總之溫特夏他們穿上全身戰甲，映照著耀眼的春陽，在大教堂前宣告他們要去打醒那些緊閉門戶，不願悔改的教會組織。

人們對教會不滿的同時，也明白那是人生中不可或缺的一部分。因此當騎士團表示他們要改變王國的現況後，立刻獲得狂熱喝采。

如此一來，溫特夏他們的存在感將急速升高，教宗對他們也不得不另眼相看，可喜可賀可喜可賀……但我卻鬱悶地抖著右腳。

「應該沒這個必要吧……」

「你怎麼還在說這種話？來，頭抬起來！」

我乖乖抬頭，繆里在我脖子上掛條布帶。那是用來標示聖職人員階級的東西，我並沒有領聖祿，所以是整條白色。就某方面而言，那也是對教會制度的批判。

這部分倒還好，真正的問題是我不太能接受現在這個狀況。

聖經翻譯到一半，繆里就衝進房間來硬把我拖出去塞進馬車裡。海蘭也在車上，來不及下車就駛動了。

想問這到底是幹什麼時，她扔了一套衣服給我。

那是我從紐希拉穿來的那套聖職人員般的衣服，最近這陣子都沒穿過。

「要是事先跟你談，你多半會拒絕，我只好出此下策了。」

坐在我對面的海蘭過意不去地這麼說，並告訴我這麼做的理由。我不知道這是誰的主意，但我不打算責怪她。

因為不知道會有什麼效果。

只是一想像那個畫面，心裡就緊張得不得了，讓我兩隻手焦慮地不停撥弄教會徽記。

「這比辯論會輕鬆多了吧？那個，或許我不該這麼說，不過你只要站在那裡就好了。」

看我緊張成這樣，海蘭難得這樣哄我。

繆里弄好飾帶以後，改拿梳子替我梳頭。

隨她接近，我聞到一股略微不同於平時的花香，才注意到她穿的不是離開紐希拉時的那件，也不是商行小伙計的裝扮。

「……難道妳也要？」

她像是發現一根不聽話的亂髮，拔下來以後聳聳肩說：

「當然啊，我是大哥哥的騎士耶！」

如此強調的繆里，穿的是修女旅裝般的長袍。和修女不同的是，腰間纏了一條繡上金線的亮麗腰帶，上頭還掛了把短劍的鞘。我從沒見過這麼特立獨行的修女。

「我一時弄不到劍，所以只帶鞘了。我是大哥哥的騎士，劍是一定要有的。啊～要選什麼劍呢，嗯哼哼～」

「……」

覺得將關係設為騎士說不定是個錯誤時，我注意到海蘭的視線。

見到她那抱歉的笑，我也只能接受了。

「那我就只是站著嘍。騎士團裡面應該還是有人對我有敵意。」

使騎士團起死回生的計畫，需要當成羅茲的主意。黎明樞機依然是教會的敵人、騎士們的箭靶吧。

於是海蘭提議，要我去給即將前往近郊教會組織的騎士團送行。

「無所謂，只要能成為話題就夠了。」

「黎明樞機竟然會為騎士團這個不共戴天的仇人送行……沒錯，只因為信仰！」

明明對神一點信仰也沒有的繆里口中說著這種話，並將我的頭髮在腦後用力紮好，滿意地喘口氣。

「其實我是想用蛋白固定起來啦。」

「不好吧，我覺得自然一點比較好。能同時散發和氣與正氣。」

「好像是這樣沒錯。來，大哥哥，背挺直！」

在海蘭與繆里評分的眼神下，我打直背脊。

有點她們趁機拿我尋開心的感覺。

「那麼，差不多要到了……好多人啊，直接到城牆外來是對的。城裡根本沒位子了。」

窗外的人太多，使我根本沒注意到馬車何時駛過了城門。人們不分男女老幼，紛紛湧出城門來替騎士團送行，有不少手上還拿著自製的騎士團旗。

「神啊，救救我吧……」

我難得這樣祈禱時，繆里抓起我的手。

然後給我一張純真的笑臉，似乎是要我安心。

她或許當自己是有難同當的騎士，但我怎麼看都是惡作劇得逞時得意的笑。

「要是妳做多餘的事，晚餐就別吃了。」

繆里從容地笑著聳肩，幫海蘭開門。

街上的喧囂立刻灌進馬車，讓我心臟縮了一下。

「快點。」

跟在海蘭之後下車的繆里，在春天的暖陽下對我伸手。

有那麼一瞬間，我很後悔自己怎麼沒在紐希拉把她趕回去，但還是握住了那隻手。

那麼小的手，力量卻大得教大人汗顏。

「來了！」

海蘭也似乎受到興奮群眾感染，大聲說話。

往城門望去，騎士們正好往這裡過來。

「願聖庫爾澤騎士團永遠榮耀！願神祝福正當的信仰！」

道路兩旁的人們高聲呼喊，將手上花瓣灑在路面上。

騎士團最前頭是兩名高舉深紅旗幟的白馬騎士，其後還有數名騎馬的騎士，我很快就在他們之中找到溫特夏，而羅茲也在後方步行的騎士裡。

「呵呵，他表情好得意喔。明明那麼愛哭。」

「妳憑什麼說人家呀。」

我輕推繆里的頭，踩上車夫替我們準備的踏台。

繆里也踩上旁邊的踏台，整理自己的儀容。

「怎麼樣，大哥哥？可愛嗎？」

她歪頭問話的樣子，加上與平時不同的裝扮，的確是很可愛。如果沒有這條花俏的腰帶和劍鞘就更好了，可是這樣也不像繆里。

「好好好，很可愛。」

她對我敷衍的回答不太滿意，最後還是開心地縮縮脖子。

這時人們的歡呼轟然高漲，騎士們接近了。

我從車夫手上接過一大本聖經，抱於右脇，左手握起教會徽記。

並想起繆里的叮嚀，挺起胸膛，站得比平時更直。

起初，只是一些零星的鼓譟。它們聚集起來，堆積成浪，還有人指著我大叫。騎士們也注意到人們的異狀而抬起頭。

不久，兩名旗手的馬經過我面前，隨後與溫特夏對上了眼。

他的眼先是驚訝地睜大，轉瞬變得慈祥。

僅是這一眼，就讓我明白他已經看透了。

驚訝或許是因為沒想到我會到這來送行。

我高舉左手的教會徽記，彎腰呈祈福姿勢。

聽著騎士們經過我前方。

就在這時。

「喔喔！」

又是一陣歡呼。

我不禁抬頭查看發生什麼事，只見騎士們全都握拳抵在胸前，注視著這方向。那是騎士們的敬禮，且似乎都在看我。

這表示他們都知道真相了。是羅茲說出來的，還是溫特夏告訴他們的呢。抑或是他們仍不知情，單純是信仰讓他們公正地對前來送行的人盡應有的禮儀。

無論如何，我的心都因他們的答應而發燙。羅茲經過時，他的視線往繆里飄去，見到繆里對他偷偷揮手而滿臉通紅，惹來兩旁騎士的苦笑。

騎士的隊列轉眼就離開我們眼前，跟隨者大批湧上，爭相與他們握手或摸摸衣襬，場面亂成一團。

而這些人也像驟雨一樣迅速散去，騎士們背後那團騷嚷一下就離得好遠。

正感唏噓嘆息時，右手忽然有股溫暖。

「好像會很順利耶。」

繆里望著騎士們遠去的背影這麼說。

握住我右手的手，較平時多用了點力。

「這樣國王也能放心支持他們吧。」

海蘭往我看來。

「好了，回去吧。我在黃金羊齒亭訂了位，順便為你們的圖徽慶祝。」

「有肉吃嘍！」

繆里歡呼一聲，趕緊跑上馬車。

覺得上店家前換個衣服比較好的我，上車前再度望向騎士團。

高舉於半空中的騎士團徽，雄赳赳地隨風飄揚。

願神祝福他們。

我暗自祈禱後在頻頻催促的繆里身旁坐下，將聖經置於腿上閉起雙眼。

在這個冬去春來，往後有大好季節等待的日子，又一幕過去。

後記

好久不見，我是支倉凍砂。唏哩呼嚕又過一年了。

原本是預定去年底出書，可是寫得很不順，最後拖到這個時候，好像寫了快半年……大綱排得很完美，可是寫起來又是老樣子，卡在迷宮裡出不來。這次雖然有特別注意不要把情況寫得太嚴重，著重於讓繆里耍可愛上，可是動不動就會往世界末日的方向歪。然而辛苦沒有白費，有種繆里比前四集都可愛的感覺。已經看完的讀者，您覺得呢？

不過，能寫出自己滿意的東西好是好，電腦資料夾裡仍留下了苦戰的爪痕。每次大改，我都會保留路線分歧前的檔案，久而久之檔名就變成「狼與羊皮紙第五集第四稿複製複製（1）12月最新版複製（3）複製.docx」之類的。吐血……

最後大概寫到文庫本兩百頁左右時，我突然覺得「這編排不行！」。而這時距離已經延過一個月的截稿期只剩下兩星期了。出書預定表都已經發出去，無路可退了。之前第四集也是類似情況，但這次真的特別嚴重。糾結也沒用，只好從頭來過。記得是《夢沉抹大拉》第五集那時吧，也有過一次只用十天左右全部重寫的經驗。最近都覺得那是當時年輕才做得到，結果我好像還行呢。其實我也很不想這樣，而且都出道超過十年了，好歹也要按照大綱堅定寫完個一次吧……！《狼與辛香料》那邊的短篇是寫得比較順，但也是刪掉了等同完稿甚至一倍以上的篇幅。寫短篇單純就只是苦惱的時間比長篇少，可是每一頁的分量感覺其實差不多……

續集讓各位等了一年，真的很抱歉。下次我一定要三個月就交稿！應該！大概！請多關照！

我私生活這邊就沒什麼好寫的，不過在交稿之後股市變得很刺激，每天早上都緊盯著大盤叫喊：「起來！道瓊你給我起來！」超好玩的。最近都是一點一點小賺起來，然後一次大筆賠光，簡直是在鐵軌上啄食的雞，肥了就被輾死。像今天就是融資買進日經Double Inverse……剛一看跌了耶！搞不好會得救喔！每一天，我都是這樣過的。期待下集再見。

支倉凍砂

國家圖書館出版品預行編目(CIP)資料

新說狼與辛香料狼與羊皮紙/支倉凍砂作 ; 吳松諺譯. -- 初版. -- 臺北市 : 臺灣角川股份有限公司, 2021.04-

冊 ; 公分. -- (Kadokawa fantastic novels)

譯自 : 新説 狼と香辛料 狼と羊皮紙

ISBN 978-986-524-342-5(第5冊 : 平裝)

861.57 110002082

Kadokawa
Fantastic
Novels

新說 狼與辛香料

狼與羊皮紙 5

（原著名：新説 狼と香辛料 狼と羊皮紙V）

2021年4月21日 初版第1刷發行

作　者：支倉凍砂
插　畫：文倉十
日版設計：渡辺宏一
譯　者：吳松諺

發 行 人：岩崎剛人
總 編 輯：蔡佩芬
編　輯：黎夢萍
美術設計：莊捷寧
印　務：李明修（主任）、張加恩（主任）、張凱棋

發 行 所：台灣角川股份有限公司
地　址：105台北市光復北路11巷44號5樓
電　話：（02）2747-2433
傳　真：（02）2747-2558
網　址：http://www.kadokawa.com.tw
劃撥帳戶：台灣角川股份有限公司
劃撥帳號：19487412
法律顧問：有澤法律事務所
製　版：巨茂科技印刷有限公司
ISBN：978-986-524-342-5
